幸あれ、

知らんけど

平民金子
HEIMIN KANEKO

いなくなっても、そこにあるもの

平民金子（へいみんかねこ）と申します。私は1975年に大阪で生まれ、高校を卒業してからは就職や進学をせずあちこちふらふらし、25歳で住み慣れた大阪を離れました。
その後東京に移り住んで日雇い労働のかたわら、2003年からインターネット上に日記を書き始めました。当時のインターネットは現在のように本名で活動する人はあまりおらず、何かを発信するためにはまず自分自身に新しい名前を付ける必要というか慣習があったのです。その時に付けた適当な筆名を、現在にいたるまで20年以上も使い続けることになるとは思っていませんでした。

飽きずに書き続けていた日記はやがてそれなりの人に読まれるようになり、他の媒体に文章を書くことで金をもらう仕事に声がかかるようになりました。文筆業というこれまでまったく縁のなかった選択肢が目の前にあらわれたのです。

30歳を過ぎて初めて東京の出版社を訪ねた時、エレベーターに乗りながら「ここは降りる人のために行儀よく開ボタンを押す人がいる世界なんやな」と感心したことが印象に残っています。P.20「日々を肯定する言葉、探しに」で私は子供に「エレベーターでは開ボタンを押して降りる人を待つんやで」と教えたこと、その後コロナ禍になったからといって「やっぱりそのボタンにはさわらないで」とは言いにくいわな、というような葛藤を書いていています。この話は「開」を押して誰かを待つ世界に大人になってから出会った人間が書いた文章だ、と、なぜかそんなことを思います。

結局東京には15年住みまして（P.210「まぼろしの薔薇」には東京にいた頃の話を少し書いていています）、2015年に思いつきのように神戸に引っ越しました。そこで何の巡り合わせか神戸市の広報課サイトで『ごろごろ、神戸』という連載を書く機会を得ました。この連載は書籍や市発行のタブロイド新聞にもなっていて、現在もウェブ上で読めるようにしています。

『ごろごろ、神戸』以降はなんやかんやと書く仕事が続いていますが私は本来体を動かして1日いくら1時間いくらの金を稼ぐ労働者ですので、文筆業をやっている己の姿はあぶくと同じかニセモノだと思っています。

本書の第一章「その向こう」は２０２１年1月から２０２４年3月まで朝日新聞で掲載された『神戸の、その向こう』全36回を加筆して収録しました。

新聞連載の話をいただいた時、ちょうど2年間続いた神戸市の仕事が終わったので神戸のことはもういい、その向こうへ行きたいと思いタイトルを付けましたが、あらためて読み返すと大阪に遊びに行った話（P.74「7の衝撃」）を一度書いているだけであとは「その向こう」どころか家の近所のどこにでもあるような道、どこにでもあるような公園ばかりが舞台になっていました。連載中に子供が小学生になり、それに合わせて自分の行動範囲も小学生並みになったと感じます。

この本に未来の読者がいるならば、特に序盤に対して「作者は何にこんなにおびえているのか」と感じるかもしれません。私がおびえているのは２０２０年の春先から拡大しそれから1年近く経っても収束の見えそうになかった新型コロナウイルスの感染拡大や、それにまつわる空気や言説です。この時代には「犯人」捜しもさかんにおこなわれ、「もしかしたら子供や若者が感染を拡大させているのではないか」というような空気も生まれて子連れで出歩くことに後ろめたさも感じられました。

公園にいた時に、遊具に向かって駆け出した幼児に「さわらんといて！」と叫んだお母さんの追い詰められたような声が序盤の世界の通奏低音としてある気がします。

第二章「普段着で町へ」はその後も続く「家の近所のどこにでもあるような道、どこにでもあるような公園」の話と、自身の体に起こった変化について書いています。

コロナ時代に小学生になった子が2年生になり、3年生になって、少しずつ私の時間が増えていきました。子供が自分たちだけで遊び始めふと部屋に残された時に自分の体を見て「このままで大丈夫か?」という疑問が生まれます。

五十代からの体は、放置しておくとカビが生えてしまう革靴みたいなものだと思います。日常的にしっかりメンテナンスしておけば長く使えるのかもしれないけれど、何もせずにほっておくと風通しの悪い下駄箱で使い物にならなくなってしまう。

自分の体はといえば気付いた頃にはずいぶんカビだらけで、そこからなんとかもう一度履ける状態にまで戻していこうと悪戦苦闘する話を書きました。新聞連載中も朝食をサラダに切り替えて何かに目覚めたりしていますので(P.98「サラダっていいもんだ」)、このままではやばいと薄々感じていたのかもしれません。

第三章「今いる世界に」のかなりの部分を占めるのは、小学3年生になった子供と2人で過ごした石垣島での1週間の日記です。子が成長すればもうこんなチャンスはやって来ないと思い、妻に留守番を頼んで10年ぶりくらいに旅行に行きました。

もともと日記を書くことが自分の原点だと思っているのでなつかしいような気持ちで日々の生活を綴りましたが、名所を訪ねているわけでもなく、教訓めいたものが書かれているわけでもなく、外に出ず部屋で映画を見て、毎日同じスーパーで買い物をし、キャベツの千切りと揚げ物を食べ、出没するアリと戦っているだけの記録で、場所が変わればもう少し目新しい何かをすると思ったけれど想像以上に何もしていません。

小学生になったばかりの子供が通学路で拾った小さなネジやボルトを毎日家に持って帰ってきては大切に箱にしまっていて、「わかる、きらきらしてるんよな」と見守っていたのですが、石垣島の日記を読み返しながら、他の人には使い道がないけれど当人にとっては大切な、あのネジやボルトを思い出しました。

十代の頃から生きることがつまらなくなったら適当なタイミングで世の中から去ればよい、という考えが強くありました。その考えは時として私を楽にさせてもくれたけれど、子供がいるとそんな考えを持てなくなることを知りました。妻と出会い、犬と出会い、子と出会い、そんな生活が私のすべてを作り変えたのだと思います。

5年ぶりの書籍を前に、山之口貘（やまのくちばく）が初めて詩集を出した時に流した涙のようなものを自分はきちんと持てているか、と問うています。

新聞連載中に完璧なピッチで並走してくださった田中ゑれ奈さん、書籍化作業の長い期間を共に歩んだ日吉久代さん、デザイナーの佐藤亜沙美さん、帯文を書いてくださった柴崎友香さんと岸政彦さん、ありがとうございます。誰よりも最初に連載を本にまとめようと動いてくれた和久田義彦さんと小山直基さんにも感謝をしています。

いつも通る同じ道、同じ公園、電柱や信号機、海や山やでかいビル。いなくなってもそこにあるものたちに本書を捧げたいけれど、いらないだろうから……

犬の命の確かなあたたかさに。もっとも身近な存在である妻には最大の感謝を。

目次

第一章

その向こう

第二章

普段着で町へ

第三章

今いる世界に

初出一覧

第一章　その向こう
「神戸の、その向こう」朝日新聞二〇二一年一月二十五日〜二〇二四年三月十三日を改題・修正

第三章　ブロッコリーの芯を捨てる自由について
「おいしい話」『暮しの手帖』二〇二三年十・十一月号（暮しの手帖社）を改題・修正
まぼろしの薔薇
「まぼろしの薔薇。」『東京人』二〇二四年二月号（都市出版）を改題・修正
昔いた世界へ（ごろごろ、神戸２０２０）
「ごろごろ、神戸X」『群像』二〇二〇年六月号（講談社）を改題・修正
空からうどんが降る日（ごろごろ、神戸２０２２）
「空からうどんが降る日」二〇二二年十一月十五日共同通信配信を修正

ほかは書き下ろしです。

幸あれ、知らんけど

第一章　その向こう

あほんだら、なにしてくれとんねん

あほんだら。なにしてくれとんねん。

机に置いた4枚の年間パスポートをつまみに酒を飲み、今日も悪態をつく。中年で変化のない私の顔写真の横には2歳、3歳、4歳、5歳と成長した子供が並んで写っている。

神戸市立須磨海浜水族園（スマスイ）は来月（2021年2月）末で敷地の多くが閉鎖され、2023年には完全に取り壊される事が決まっている。うれしい時に通い、かなしい時に通い、しんどい時に通い、ひまな時に通い、どこを見ても何かを思い出すなじんだ場所の消滅には今もあきらめがつかない。

ある時私たちと同じ日にスマスイに行った人が書いたSNSの投稿を見ていたら、「狭い水槽にウミガメたちが閉じ込められて、かわいそうで見ていられなかった」と非難する調子で書かれていた。

誰に何を言われても偏愛に変わりはないけれど、一方で、あなたのすがるその場所はしょせん人間の都合で生き物を閉じ込めているだけの残酷な場所じゃないかと言われたら返す言葉もない。

今でも暇さえあればスマスイに出かけている。

新型コロナのせいで多くのイベントは中止され、スタンプを集めたら店員が手作りの人形をくれるのでポテトやかき氷を食べまくった「うみがめのお店」も週末以外は閉店。寝転んで休憩した汚れたソファーや登って遊んだ木のオブジェ、亀やコイへのエサやり場、そんな思い出の場所は全部撤去されてしまった。誰も悪くない。最後の最後に慈悲なくやって来た新型コロナウイルスが憎い。

平日、ひと気のない本館屋上に行くと、アシカがいた場所に今はアザラシのコンブ君が静かに泳いでいる。水槽の前にしゃがんで手を開いたり閉じたりしていると、時おり目の前で顔を上げるので目が合う。今よりもっとにぎやかだった頃、ここにはアシカのナイト君やハヤト君がいて、彼らが顔を上げた視線の先にはたくさんの子供たちがいた。

やがて、閉館のアナウンスが鳴り始める。

立ち上がると雲間からこぼれそうな夕日がまぶしい。私は、誰に言うともなく声に出した。

あほんだら。なにしてくれとんねん。

日々を肯定する言葉、探しに

エスカレーターの手すりやエレベーターのボタン、電車やバスのつかまり棒に子供が手をふれると一瞬身がまえてしまう。そこまで気にしなくてもよいと理解しているのに、新型コロナウイルスへの警戒心がいつまでもこびりついていて、小さな指先がまるで私の傷の粘膜（ねんまく）にふれているのだというように心がこわばってしまうのだ。

行儀よくエスカレーターで手すりを持って立ち、エレベーターでは老人が降りるまで「開」を押して待つ様子を見ながら、ほんの1年前までは今と反対のことを教えていたのだと思った。一度そのように教えているだけに、今さら「時期が時期やし、手すりとかボタンにはさわらんでええんやで」のひと言は出てこない。

子供たちが多く遊ぶ公園を避けてばかりではあかんのだと自らにハッパをかけているのに、いつの間にか公園に行く回数自体が減ってしまった。そしていつの間にか、公園に行きたいと言われる回数も減ってしまった。

公園に行きたいと言われて、じゃあ行こうと出かけて、着いた先で他の子供たちが遊具につどう様子を見かけては「今日は人がいっぱいおるからやめとこか……」などと気弱に言って方向転換する。そんなもんだと慣れたのか、子は黙ってしたがってはいるけれど、去り際に遊具ではしゃぐ子供らを目で追っている時にのみ込んだ言葉や感情が、今では町のそこかしこに澱(おり)のようにただよっている気がする。

日暮れ時、ハーバーランドのガス燈(とう)通りを自転車で走っていると、大観覧車に見慣れない電飾のメッセージが流れていた。

「助かる命も助からない」「病床が限界」

「助かる命も助からない」「救急医療があぶない」

なんて書いてるの?と聞かれ、コロナでみんな大変なんやって、とだけ説明する。

「行くぞ!」とわざと明るく声を出し、私はペダルをこいだ。

日々を肯定する言葉を探しに、電飾文字を振り切って、ペダルをこいだ。

10年前、いまも残る細部の記憶

２０１１年はまだ東京で暮らしていて、３月11日は朝から青梅(おうめ)市の雷電山(らいでんやま)を歩き、苔(こけ)むした森や切り株や梅の花の写真を撮っていた。使用カメラはシグマＤＰ２ｓとペンタックスＫ－５、リコーＧＲデジタル３。お昼用に持ってきたのは細切りの人参(にんじん)とツナを炒めた人参しりしり弁当で、仕上げに大きな海苔(のり)を１枚のせておいたのだが食べようとした時に海苔は全部フタ側にくっついていた。

撮影を終えて帰宅しようと軍畑(いくさばた)駅からＪＲ青梅線に乗ると、途中の拝島(はいじま)駅で扉が開いたまま電車が止まってしまった。そのうち動き出すだろうと思いながら、当時夢中になっていた北方謙三『楊令伝』を読み続けた。物語に入り込んでいたからか、電車の中だったからか、あるいは私がよほど鈍感なのか、揺れにはまったく気付かなかった。

席の隣には年配と若手のサラリーマン３人組が座っていて「見てみ。ホームにいる子、しゃがみ込んじゃったよ」という言葉や「こういう時は食べ物がなくなるから今のうちにおにぎりを買っておいて」という言葉を何を大げさなと思いながら聞いていた。

電車はいつまでたっても動かなかった。


乗客が1人減り、2人減り、夜になると車両には数人しか残っていなかった。臨時避難所が開設されたというビラが車内に配られた。改札は開放されていたので外に出て、コンビニでチョコレートとカップラーメンを買って食べた。食べた後はまた車両に戻り本を読んで、座席に横になっていつの間にか寝ていたのだと思う。

毎日が替えのきかない大切な時間であるはずなのに、起こった事のほとんどは忘れてしまう。けれど何か大きな外的要因から忘れられなくなった1日があって、その日の細部がいつまでも頭に残っていたりする。


翌朝ようやく電車が立川駅まで動いた。夜のあいだに配られたのだろうか、たくさんの人が毛布を体に巻いて壁にもたれて床に座っていて、同じように毛布を体に巻いたたくさんの人たちがタクシー乗り場に行列を作っていた。

昼すぎにようやく帰宅した部屋の床は、割れた食器や生卵や、作ったばかりのなめ茸(たけ)が散乱していた。何が起こっているのか、知りたくなかった。

夜は彼らの時間

神戸市立王子動物園の中でも長らく閉鎖されたままだった夜行性動物舎が約1年ぶりに再開されたので、たかぶる気持ちを抑えられず出かけて行った。

毎晩夜通し起きていて、僕は……と歌われる高田渡の「火吹竹」が長年の座右の歌であり、夜勤労働者を長く続けた私にとって、ここにいるヨザル、スローロリス、オオコウモリ、ショウガラゴ、キンカジューなどの夜行性動物たちは兄弟のようなものである。各動物の説明書きを注意深く読んでも全体的な印象としては暗闇で何かがもぞもぞうごめいているだけ、という相変わらずの印象がなつかしく、やっぱりここは地味だ、そしてそれが良いとあらためて思う。「暗やみの世界に暮らす夜行性動物たちを、ここでは、舎内の照度を変えることにより、昼と夜を逆にしています」「閉園後は舎内を昼と同じように、紫外線が出る照明を使って、健康管理をしています」。今回は子供を連れずにひとりで出かけたため、入口に掲げられたこんな説明文も初めて読むことができた。

ふと思い出したのはW・G・ゼーバルトの小説『アウステルリッツ』冒頭の場面だ。ベルギーのアントワープに来た主人公は動物園に入り、夜行性動物舎を見てこのように書く。「観客が去って園が閉まったあと、本当の夜がはじまりをつげたときに、この夜行獣館の住民のために電燈は灯されるのだろうか、それならばこのさかしまの小宇宙にも昼が来て、彼らもいくらかなれ心穏やかに眠りにつけるだろうに」

暗い舎内には親子連れがいて、コウモリたちの前ではお父さんが子供に「こいつらがウイルスを広めたんや」などと、ここにいるコウモリたちにとっては気の毒としか言えない説明をしている。

なんぼなんでも……。

子供の頃、祖母の家に泊まっていると、ベランダに小さなコウモリが迷い込んできた。植木鉢の後ろでもぞもぞしていたのでとっさに手でつかむとやわらかく、顔はハムスターのよう。たまらなく「飼いたい」と思ったが、なんぼなんでも飼えますかいなと却下され、そのまま両手で包むように小さなコウモリを持ってどこかに置きに行った。

夕暮れ時の空にはたくさんのコウモリが飛んでいて、夜は彼らの時間だった。

花壇のすみの、すごいやん!

ひらいた小さな手のひらの上には、死んだアゲハ蝶(ちょう)がのっていた。

「これ見て!」

おお、すごいやん! どこに落ちてたん?と聞いて案内された日の当たる路上で、私はスマホをかざして蝶の写真を撮る。するともう1枚撮ってそっちを妻にメールで贈ってあげてと頼まれて、なるほど、子はまだデジタル写真というものを無限に複製可能なデータとしてではなく1回こっきりの質量ある物体と認識しているのかと理解し、なんというか、心を揺さぶられたのだ。

わかった、と言ってもう1枚撮り、じゃあこの1枚を送る(=贈る)わなと言ったところで路地の向こうから近所の駄菓子屋の店主が歩いてくる。子は蝶を見てもらいたくて駆けていくが店主はあいにくいそがしそうで反応が薄く、代わりにというようにそばにいた学習塾の先生が「すごいね、どこでみつけたの?」と声をかけてくれた。

その時、はにかんで誇らしげな表情を見せる子のすぐそばには小学校高学年児童たちのたまり場があって、私は「なるべくそこには見せに行かんといてな……」と不安になっていたのだ。

自分が好きな世界を変わらず好きでい続けるのは案外むずかしい。

これまではナメクジでもミミズでも死んだ虫でも自由に手に触れてきたけれど、小学生ともなればそんな世界は「きたなっ」「死んだ虫さわってる」みたいな言葉で簡単に否定されてしまうのではないか。

どんな趣味も等価で、女の子も男の子も関係ない。そんな風に生きてきた子のまだ脆い価値観がつまずく瞬間を私は勝手に先回りして想像し、必要以上に警戒してしまったのかもしれない。ひとしきり自慢し終えたのを見届けて、声をかける。

「それ、宝物やから誰にもわからへん秘密の場所にかくそうぜ！」

繰り返される緊急事態宣言で辺りはすっかり人通りなく、シャッターの下りた店の前の花壇には今日も日が当たっている。花壇のすみのブロックをよけるとそこには「すごいやん！　どこでみつけたの？」という言葉と、もう動かないアゲハ蝶が埋まっている。

ええ雰囲気……私が写した雲南は

部屋の片付けをしていたら、中国の王兵監督が標高３２００メートル、全80戸という雲南省の小さな村で撮影したドキュメンタリー映画『三姉妹』のＤＶＤが出てきた。

母親は家を出たまま帰って来ず、父親は出稼ぎのため不在。残された家で暮らす10歳、６歳、４歳の三姉妹の毎日が淡々と映される。

長女は妹たちの面倒や家畜の世話、燃料となる家畜の糞拾い、主食であるジャガイモ洗い、その他家事雑事に追われて忙しく、学校にきちんと行けている様子は見られない。たまに勉強していると、そんな時間があるなら家畜の世話をしろ、羊が盗まれたらどうするんだと祖父に説教され、１日の終わりには藁を敷いた寝台に姉妹は身を寄せ合って眠る。

妹の服に付いたシラミを姉がとってやる場面が何度も描かれる。

この作品を見ると、かつて19歳の時に冒険気分で雲南省を旅行して、列車の窓から見た霧がかって幻想的な棚田や、乗り合いバスにまぎれ込んでたどりついた村の、豚やにわとりや子供たちが駆け土埃（つちぼこり）がたつ道、それらを見た時の高揚を思い出す。

あの時「ええ雰囲気やなあ」とだけ思ってシャッターを切った自分の写真には、いったい何が写ったというのだろう。

『三姉妹』は何の説明も挟まれないまま、姉妹や村の人たちが生活する様子を映した作品だけれど、他者の暮らしをただ撮影しただけという立場も、それをただ見ているだけという立場も、なんか卑怯（ひきょう）じゃないだろうか？という問いがずっと浮かんでいた。それでも、感想を抱くことが難しい映像の世界に魅入られてしまう。

ぬかるんだ路地で、長女が井戸水で洗濯をしている。泥だらけになった靴を焚（た）き火にかざすと、靴から湯気が出てくる。

長女は火箸を靴の中に入れ、固まった泥をかきだしている。

深夜、ＤＶＤを取り出してイヤホンを外した後も、私の頭の奥では長女が火箸で泥をかきだす「ゴリッゴリッ」「ゴリッゴリッ」という音が鳴り続けていた。

見ることは、とても一方的な行為だと思う。

炎天下、忘れるかもしらんけど

階段を上って歩道橋に立つと、炎天下だというのに体を折りたたんでひたいを地面にぴったり付けた男性がいる。その先にはプラスチックのお椀(わん)が置かれていて、直前までふざけていた子供は急に遭遇した光景に黙っている。周囲からはセミの声が響いていた。

これはクマゼミやっけ。アブラゼミやっけ。と考えながら私は子の前でしゃがみ、きみが今ちらっと見たあの人はな、物乞いのおじさんやで、と言った。

私は財布から百円玉を5枚出して、きみは何もせんでいいからここで見とき、と言い地に伏せたままの男性の所に行った。音で気付いてほしいと思いながら少し上からお椀に小銭を入れ、そして子供の手をとって歩き出す。

きみは今日はおいしいかき氷を食べに電車に乗ってここに来たわけやろ。きみにはいま横にぼくがおって、帰る家があって、遊ぶゲーム機があって、おかあさんがいて、ともだちがおるけれど。それは当たり前なんじゃなくてたまたまやな。

だから何かのはずみでいまあるものがなくなってしまうかもしれへんけど。

なくなるのはひとつかもしらんし。ふたつかもしらんし。ぜんぶなくなるかもしらん。

それもまた人生っていうか。でもそういう時は、知らん誰かが助けてくれるんやで。


6歳の子供が理解できるわけもない言葉を、炎天下に私はしゃべり続ける。

さっきの人はいろんなものがなくて困ってはるわけや。困ってる人っていうのはたくさんいてな。ぼくはその人らに持ってるもの全部をあげたりはせえへんわけやけど。そんなことしたらこっちの金がなくなってしまうやろ。

でも、少しやったら応援……応援にもならへんけど、あいさつくらいはできる。

「こんにちは」て思うくらいはできるわな。

きみがおとなになってから同じことをする必要はないよ。今日のセミの声とか。お金が入った時の音とか。いつか思い出すかもしらんし、忘れるかもしらんけど。なんにせよ暑いから。かき氷やな。氷や氷。

空白だからこそ

神戸市立博物館で開催された伊能忠敬展に行き「伊能小図　西日本」と題された地図を長い時間見ていた。１８２１年に幕府に進呈された地図の写本で、兵庫から西の中国、四国、九州地方や周辺の島々が描かれているのだが、私が惹かれたのは四国内陸部の巨大な空白だ。

伊能測量隊は実測にこだわったため未踏の場所は空白にしているのと、測量の目的があくまでも国土の沿海部分にあったことが原因なのだが、それでも何度か計測した中国地方や九州がそれなりに内陸まで描かれているのに対し、何しろ四国は全部真っ白でインパクトがある。しかし見ているとそこには空白だからこそ吸い寄せられてしまいそうな、確かに存在した「場」の生々しさがあるようで、例えば大江健三郎が描く四国の森の神話世界はスマホで詳細な衛星写真をいくら拡大してもイメージしにくいが、伊能図の空白の向こうにはありありと「壊す人」や「オシコメ」、アポ爺やペリ爺や亀井銘助さんといった大

江作品の登場人物たちが躍動する世界が見える気がした。

見えないからこそ、存在を感じられるもの。

そう考えて、子供の頃は雲の上にも人が、月にはうさぎが住んでいて、机の引き出しは未来や過去へとつながっている、そんな話を当たり前に信じていたことを思い出した。見えない世界に対しては現実と同じかそれ以上のリアリティを感じていたのだ。

考えてみれば伊能図に限らず私たちが生活する町や人に対する認識（＝地図）もまた空白だらけだ。隣近所の家の中なんて知らないし、町は行ったことのない店や施設だらけ。出来たばかりのアジア系食材店の店先や、路上に座って注文を待つ食品配達員たちの間で飛び交う外国語も何ひとつ理解できない。彼らは何を話してるんだろうといつも興味津々だが、特別なものではない、「景気はどう？」「ぼちぼちですわ」みたいなただの世間話なのだろうとも思う。

わからなさは、山上から夜景を眺めた時の小さな灯り(あか)と同じ性質のものだ。ひとつひとつの灯りの下の暮らしは不明でも総体としての輝きを見て私は安心する。町の美しさはたくさんのわからなさから出来ているのだと、帰り道にはそんなことを思った。

ほろほろ天ぷらうどんになって

小学5年生の時に、生まれて初めて1人で立ち食いそば屋に入った。天王寺駅の構内で、たしか銭湯の番台のように入り口に店員が座っており、注文すると渡されるプラスチックの札をカウンターに持っていくスタイルではなかったか。

そこで私はよりによって「きつねそば」と言ってしまい、店員に一喝されたのだ。

「大阪にそんなもんはない！」

頭が真っ白になった。とっさのことに意味がわからずとまどっていると「にいちゃんきつねゆうたらうどんや、そばやったらたぬき」と早口で説明され、小学生の私には店員の言葉が何かの呪文のように響いた。考えてみれば大阪人はきつねとたぬきの違いをいつどのような形で認識するのだろう。学校でも家でも教わった記憶がないし……。

立ち食いと言えば、あれは関西独特なのだろうか。エビの尻尾だけがちょこんと添えられてある感じであとは衣だけという、汁を吸いこんでほろほろになる天ぷら。大阪では天かすが無料提供される店が多いのでほぼ衣だけで構成される天ぷらをたのむ意味は理論上ないと思えたが、私は天ぷらうどんを注文してさらにその上から天かすをふりかける油のハーモニーを好んだ。

夏に子を連れて王子公園の屋外プールに行きぼんやり水に浮かびながら空を見上げていた時に、ぽつりぽつりと雨が頬に落ちてきた。その時ふと、小学生時代に大好きだった「ほろほろ天ぷら天かすふりかけうどん」を思ったのだ。

プールや海で泳いでいる時の雨粒は心地よく、なぜか得したような気分にならないだろうか？　濡れても濡れても濡れた気がしない。あるいは、どうせ濡れているのだから濡れたことにならないのだという大きな安心感がある。

夏の屋外プールと降り出した雨の組み合わせの楽しさは、天ぷらうどんに天かすをふりかける楽しさと同じじゃなと思った。どちらも大きな面に向かって点が降りそそぎ、やがてひとつにとけ合っていく。

ほろほろ、ほろほろ、ここでは私はエビの尻尾……。そう思いながら雨を受け、気持ちよく水面に浮かぶ視界を、箸を持って見おろす子が覆った。

日々、足元が

小学生になったらまずはドラえもんやろ。

そう意気込んで子供にはランドセルよりも先にてんとう虫コミックスを買い与え、読み聞かせをするようにいっしょにページをめくり始めたのだが、物語の冒頭からいきなり気まずいような気持ちになってしまった。

初めてのび太の前にやって来たドラえもんがのび太に対し、このままではきみはおそろしい運命になると警告する場面。不幸な未来の象徴として描かれるのがジャイアンの妹であるジャイ子との結婚で、それに対して運命を変えた場合の幸福な未来として設定されるのがしずかとの結婚である。

このような話を子供の頃の自分は当然何の引っかかりもなく楽しんでいたのだけれど、それから何十年もたったのち、今6歳の女の子といっしょに読み始めてみると、ジャイ子との結婚が不幸であるとされるそもそもの設定や、その運命を変えていこうという作品の無邪気な「おもしろさ」を子に対して説明できる言葉がなかった。

今現在の価値観で過去の作品に対する違和感を指摘するなんて基本的には野暮である。それはわかっている。とはいえ、やはりとまどってしまうのだ。

ドラえもんは長期連載漫画だから時代に応じて作品の調子も変化しているし、特にジャイ子は誰よりも漫画内でキャラクターが大きく変化した人物だ。いじわるなだけの初期ジャイ子とプロの漫画家を目指す中期から後期にかけてのジャイ子はまったくの別人だとさえ言える。


少年漫画や少女漫画といった枠組みを超えた普遍的な世界観なのだという、私がなんとなくドラえもんに抱いていた印象は、自分が当時も今も男だったから無邪気にそう思えていただけなのかもしれない。これはドラえもんに限らず、私が少年時代に散々浴びて影響を受け、子供にも伝えたいと思った作品群は良くも悪くも男の子の視点で描かれているのだなと気付くことが多い。

かつて「男の子」であった自分が接している分には空気のように何も感じなかった世界観。のび太は男の子だから将来は「およめさんをもらうだろ」と書かれたささやかでなんの罪もないセリフも含めて、日々、足元がぐらぐら揺れてしまう。

なくなるかもしれへんよ　でも、

置かれた遊具のひとつには「私たちのような昔の乗り物で遊んでくれてありがとうございます。これからも頑張ります！」と紙が貼られているのだが、私は「頑張ってほしいけど、きみら全部なくなるかもしれへんよ」と思った。

神戸という町で子育てをしていてもっともありがたかったのは須磨海浜水族園（スマスイ）と王子動物園の存在で、どちらにも幼児に人気の小さな遊園地があった。

しかし今やスマスイの遊園地は見る影もなく取り壊されて、このたび神戸市から発表された再整備基本方針の素案を見る限り、王子動物園の遊園地もこの先存続する可能性は限りなく低い。

赤ちゃんを連れ歩いた日々を支えられ、これぞ神戸の強みだと疑わなかった安価で楽しめるミニ遊園地の東西両横綱がこうもすげなく扱われてしまうとは。

王子動物園も須磨海浜水族園も、そこにある（かつてあった）遊園地も、実際のところ今の私にはそれほど必要ではないものだ。公共の施設をたよって乳幼児と行動する時期は過ぎて、成長した子供の興味はすでに他に向いている。「場所」を卒業した者の気安さで、失われようとする施設を前に「町は移ろうものだから仕方がないんだよ」みたいなことだってしたり顔で言えてしまう。

けれど私がそのような立場を取りたくないのは、未来の、私たちのように行き場を探す親子の姿が容易に浮かぶからだ。いま私たちが「もう古いものだから」と手放そうとしているのは、子連れにとっては二度と取り戻せない宝物である。

私が子供を連れて動物園や水族園に出かけたのは、そこが何ヶ月も前から予定を立てたりホテルを予約してたくさんの金を使ったりというような、気合いの入った非日常を楽しむ施設だったからではない。近所の公園に連れて行くような、中に入れば居るだけで大きな湯船につかったような安心感を得られる、日常の延長線上にある気楽でひなびたアジール（避難場所）だったからだ。

今の時代にはそんなものを必要としている人は少ないのかもしれない。動物園の遊園地なんて平日は閑散としている様子も知っているから、やがて取り壊される未来に対し頭ごなしに反対とは言えない。でも、でも……。

こんな場所はまだ人生の入り口

「少しくらいのいたずらはしたってええんやで」と子に言うと「道路に飛び出すとか?」と返ってきて「それはいたずらとちがうな。死ぬってわかる?」と聞くと「おばけになること」と答える。

「おばけになるのはいや?」と聞くと「ちょっとだけならいい」と子は答え、「ちょっとならええんや」と言うと「気絶くらいなら」とのこと。

「死ぬと気絶はちがうで」と言うと「どっちもしばらく何かができなくなることじゃないの?」と子は言った。

1994年の年末に当時住んでいた大阪から徒歩でどこまで行けるのか挑戦しようと家を出たが、真冬の野宿があまりにもつらくて広島県に入った所で早々に挫折した。年が明けて少しした頃に地震で家が大きく揺れ、ニュース速報を見てそのまま自転車で神戸に向かったのだった。おぼえている。ここは先月自分がもたれて寝床にしていた場所だ。目の前の高速道路の柱が大きく折れ曲がって、道路が地面に落下していた。

その頃に中上健次の小説を発見し熱心に読んでいたのは、書店の棚をぶらぶらしていた時に自分と同じ年齢のタイトル『十九歳の地図』を見つけたからという単純なきっかけだったと思う。作家が数年前に亡くなっていたことも知った。

中上健次が死んだ46歳という数字を心のどこかで意識していた。十代の頃は「充分に生きたやろ」ぐらいに思っていたけれど、先日誕生日が来て私自身もようやく46歳になり、その時実感として「こんなに早くに……」と理解できたのだ。

こんな場所はまだ人生の入り口だとしか思えなかった。

誕生日の朝はゴミを出しに行き、路地の突き当たりのアパートの壁に斜めに差す朝の光を見た。冬の澄んだ青空に浮かぶ月を見た。空き地のフェンスに沿うように伸びた蔓(つる)と、その先の萎(しお)れたバラの花を見た。

今日は誰ともしゃべらずに静かに1人で過ごしたい。そう思い、夜、岸壁で暗い海を見ていた時に思い出したのはこんな言葉だった。

よるを　ながめていると
いろんなものが　みえることを
ゆめって　いうんだよ
（『あなはほるもの　おっこちるとこ』）

たよりなくゆらゆらした思い出

いつも寝る前は暗闇でスマホを見ているのだけれど、その日は充電を忘れて電池切れしていたから仕方なく、布団から離れた場所にあるコンセントにさしてそのまま眠った。

起きた時、普段どおり通知やSNSを確認しようにもスマホが枕元になく、けれど寒くて布団から出るのはおっくうで、まだほの暗い窓の向こうをぼんやりと眺めていた。

部屋の空気が冷たい窓ガラスに触れて、窓全体に結露ができている。

その時ふいに子供時代の記憶がよみがえってきて、私は布団から出、曇った窓をひとさし指で上から下になぞった。

指先からあふれ、こぼれるように水滴がツーッと窓をたれていく。

そうだ、子供の頃、こんな風に結露ができた窓を指でなぞり、しずくを何本もたらして競走させて遊んでいたなと思い出す。

何が記憶に残り何が残らないかのメカニズムは解明されているのだろうか。その時強く印象に残ったからといっていつまでも覚えているわけではないし、覚えておきたいなんて思わなかったささいな出来事がずっと頭に残っていたりする。

子供の頃は家の近くにどぶ川がいくつも流れていて、あれは何のにおいなんだろう、悪臭や、ヘドロや、飼えなくなって捨てられたのだろうか、そんな場所にも生きている大きなカメがいた。祭りの後に、金魚が捨てられていた。

橋の欄干に手をかけてどぶ川をのぞきこむと木の枝や何かの鉄の棒や自転車のタイヤなどがところどころに突き刺さっていて、そこには海藻のように見えるゴミが絡まっている。後になって残る記憶の選別も、そのようないい加減なものではないか。私の頭の中の記憶のどぶ川にも棒切れのようなものが刺さっていて、そこには理由もなくたまたま絡まった思い出が今もたよりなくゆらゆらしている。

窓をたれる水滴を見ながら、この流れて行く小さな水のつぶをあらわすあたらしい言葉を探したいと思った。指先からあらわれてはすぐに消えてしまう、やわらかい水の。

図書館の大海原をたゆたう

子と一緒に図書館の児童書コーナーに行き、互いに好きな本を読んで過ごした後は、一直線に出口には向かわずにわざと遠回りして、まだ幼児には縁のない小説、人文、社会、歴史などの棚をゆっくり巡って外に出るようにしている。はしからはしまで本が続いていて、角を曲がればまた向こうのはしまで本が並んでいて。図書館っていうのは本の海ですよ、と私は話しかける。

海というのは自分ではとても制御しきれない巨大なものをさし示す言葉だ。

若い頃は根拠のない謎の万能感があって、世界中の知識を得たい（得ることができるはずだ）と息巻いているのに、実際のところはあらゆる意味で自分に読める本なんて超絶に微々たるもので、図書館どころか家の本棚すら読破できないという現実に途方に暮れた。図書館の巨大な棚を前にするとおのれの小ささを見せつけられるようで息が苦しい。

けれど年を経るごとに、自分は世界のすべてを知り尽くすことなんてできないし、どこまでも無力でちっぽけな存在なのだと受け入れざるをえなくなる。やがて肩の力も抜けて、汲めども尽きぬ巨大なものを前にした時のあせりやいら立ちは茫漠としたものに身をあずける安心感のようなものに変わり、私にとって図書館の棚に並ぶ本たちはいつしか大海原のようなものとなった。焦燥感はもうどこにもない。

子の手をとってゆっくり棚を見上げながら、生まれてたった数年の小さな存在にとって目の前に広がる巨大な知の集積はどのようにうつっているのだろうかと思う。

読んでも読んでも終わらへんで、本っていうのは。これはほんまにすごいことやで。

海を泳ぐ魚が海の大きさにいちいち絶望しないように、そうなんや、とだけ言って幼い子供は何食わぬ顔で館内を周遊しているように見える。私は図書館のカーペットを踏んで歩く時のやわらかい足裏の感触に、棚ごとにそえられた読書用の椅子たちに、世界文学全集の古びた背表紙に、今では他人のもののように遠くなった痛みを見つけて、小さな手をにぎる。

340
E

きらきら、楽しい秘密

4月から通い始める小学校への道順を予習するために、子と並んで通学路を歩いた。けれど道を教えるよりも道ばたに咲く小さな花々のことが気にかかり、ひとつずつさわりながら寄り道しているとなかなか学校にたどり着かない。

ヒメオドリコソウ。カラスノエンドウ。オランダミミナグサ。ハルジオン。ヒメジョオン。カタバミ。ツタバウンラン。シロバナマンテマ。

若かった頃、やるべきことが何もなくて日がな一日ぶ厚い植物図鑑を持って道ばたや川べりの花を観察していた時代があって、その時の経験がしみついているから春に咲き始める路傍(ろぼう)の花々に対しては他人でないような親しみを感じてしまう。

また会えたね、というような。

とは言え無心に観察しているのは私だけで、花にはあまり興味なさそうな子は先へ歩きたそうだ。

私はなんとなく、きみはこれからいろんなことを経験するけれど、いやなことがあった時とか大人とけんかになった場合はできれば教えてほしいな、と言った。そして「楽しいことがあったらそれは秘密にしてくれていいよ」とつけ加える。

子は「秘密を持ったらなんかトクがあんの？」と聞いた。

別に得はないけど、自分だけの秘密を持つっていうのは心の中に花をかざるみたいなもんやから。見たり聞いたりすることがなんでも言葉に出来るかっていうとそうではなくて、言葉にしたらこぼれてしまうみたいな、もったいないみたいな時もあって、だからもし楽しかったりうれしかったりでそれを人に教えたくなければどんどん秘密にすればいい。何もかもを大人に伝える必要はないから。自分だけの世界を持つのはいいもんですよ。

ナズナの三角形の実を指ではじきながら、そんなことをぶつぶつとしゃべった。

朝になったらきらきら光ってる窓辺の花みたいな。楽しい秘密っていうのはそういうもんやから。

……知らんけど。

そう言って私は立ち上がり、ヒカキン&セイキンのＹｏｕＴｕｂｅテーマソングを一緒に歌いながら通学路の続きを歩いた。

時を超え、砕けたガラス

だれかがいたずらしたのだろうか、近所の道に散らばったジュースの瓶の割れた破片を、こんなことして子供がけがしたらどうすんねんといらいらしながらトングで片付けているあいだ、私の頭の中には自分が子供の頃ふざけて放り投げて遊んでいたガラス瓶が天高く弧を描き、何十年もの時間を超えて今ここで砕けたのだという空想があった。

日に照らされてキラキラ光るガラス片の中にはあの時の自分の行為が琥珀（こはく）の中の小虫みたいに封じ込められていて、その後始末を今になってさせてもらっている、というような。

5月某日。なんでも早めに体験させた方がよいと思い、小学1年生になった記念に子連れで立ち食いそば屋に入ってみた。6歳児にとってもっともハードルが高いのはカウンターである。

なにせ背が届かない。

事前にホームセンターで丈夫そうな踏み台を買って、店がすいている時間を選ぶ。うどんを落とした時に拾うティッシュもそれを入れるごみ袋もわれながら何の隙もなく準備を整えて、踏み台を置いて立たせると計算通り（！）、子供でも食べやすい高さになった。

カウンターからのぞきこむように身をのりだして「ええもん持ってるねえ」と声をかけてくれた店員さんにかけうどんと冷やしたぬきの大盛り、かけうどんはねぎを抜いてくれますか、と注文する。出てきたうどんを子はウマウマと言って無事に完食し、私も冷やしたぬきの大盛りを完食した。


そばやうどんをすする事も空き瓶を投げる事も行為はその時の一瞬にしかなく、過去の自分におとしまえをつける機会が時を経て都合よく訪れたりはしないと思い直す。私が何十年も前に放り投げたガラス瓶の破片は当時の大人たちの手をわずらわせただけだ。

自分が子供の頃は80年代の前半だから、周りにいた大人たちは戦地を生き延びて帰ってきた人もたくさんいたはずだとぼんやり考える。きみが生まれる前にも世界はあったわけやけど、その時にきみはどこにおったんやろうなと子に問いかける。

あかん言葉、「なんで?」に悩む

朝の通学路を近所の子供たちとしりとりしながら歩いている時、私が「ちきゅう」と言うと間髪入れずに「うんこ!」と返ってきた。

我が身をふりかえっても思い当たるけれど、小学生ってこの単語がほんまに好きよな……と思いながら、こんなことでは動じていられないので「こんぶ」と応じる。すると今度は大きな声で「ぶす!」と返ってきた。

それを聞いて周りの男の子も女の子も大笑いしているけれど、こういう場に遭遇してしまった以上何も言わずにやり過ごすと後悔する気がして、あのな、そういう言葉はやめなさいと真面目な顔で伝える。そんな言葉はあきません。

子供たちは口々に「ええやん?」「なんで?」と言うけれど、しかしその「なんで?」に答えようとする(答えることができる)自分の言葉は発する前からなんだかうすっぺらいものに思え、この子らにはきれいごとにしか響かへんやろなと考え出すと適切な言葉が出てこない。結局は理屈ではなく感情を表に出して「やかましい。あかんもんはあかん」と口にすると、若干の気まずい空気が流れてしまった。

それにしても、この場での正解はいったいなんだったんだろう。

「そういう言葉はやめなさい」というのは私が様々な経験をして長い時間をかけて獲得してきた価値観である。「なぜいけないのか」を説明する言葉もまた私の人生とは切り離せないものだ。だからそういった個人的な時間や経験の積み重なりを無視して、ただ「あきません」とだけ伝えても、おそらく子供たちは大人から理不尽に言葉を禁止されたと感じるだけで、大事なことは伝わらない。

今回の場合、なんの悪意もなく特定の誰かに向けられた言葉でもない以上、大人の価値観をただ子供に押しつけても意味がない気もする。

同時に「でぶ」「ぶす」「はげ」みたいな、いつの時代も子供たちが大好物の言葉を冗談としては取り扱わず、いちいち生真面目に怒る大人が1人でも身近にいるのは良い経験だと……確信はないが思わなくもない。

しりとり世界へのこの介入は正しかったんだろうか。私は迷いをふり切るように「ぶ……ぶるどーざー!!」と両手を広げ、大げさに子供たちを追いかけた。

炎天下と月明かりのセミ

暗い夜道にそこだけ煌々と光っている公衆電話ボックスがあって、その横を通った時に突然耳元で「ジジジッ」と大きな音が響いた。

黒い小さな物体がふわっと視界を横切る。

驚いたのは私であるが向こうだって驚いただろう。手首にはぬれたような感触が残った。


炎天下の公園に行くと一本のけやきの木に何十四ものセミが鳴きもせずにとまっていて、その木を見つけた近所の子供たちが虫とり網をかまえるとセミは一斉に飛び立つのだが、その時に降りかかってくるおしっこが太陽の光を受けてきらきら光っていた。

「セミのおしっこなんてただの水やから気にせんでええって」と言っても子供らはきたたないきたないとうれしそうに興奮し、さらに網をふり回し、そのたびにセミが飛び、炎天にセミの小便が輝いている。

見ているうち、せっかく地表に出てきたのに慈悲なく追い立てられるセミが気の毒になってきて「きみたち知らんやろ。雨というのはですね、雲の上にすんでるセミさんが降らせてるんやから。セミをつかまえ過ぎたら今年は雨が降らへんようになるで」と適当なうそをついたが誰からも相手にされない。

夜、懐中電灯を手に公園を訪ねると、日が沈んだころに地面から這い上がってきて背中のひび割れから黄緑色のぬれた羽を出している羽化中のセミが見つかる。凝視しているうち、日中は周囲に響く大音量の鳴き声によってセミといえばどうしても無数の群体をイメージしてしまうけれど、夜の公園で見かけるセミは静寂の中でどこまでも個であり孤であると思った。今が一番無防備な状態やから、ここでアリに見つかって食われるかもしれへんし、朝に鳴いてるやつはこの状態から運良く生き残ったやつなんやな。

そんなことを子に教えた帰り道、電話ボックスの横を通った時に「ジジジッ」とやられたのだった。

逃げたのかと思いきや、首すじにさすような痛みがあったので手をやると、襟足を擦った感触を残してそいつはふわふわと飛び立った。

月明かりに照らされた団地の白い壁に、命のかたまりがへばりついている。

カレーうどん、汁まで愛して

家庭の揉め事を公開し、審判を仰ぎたい。

先日、鍋に残っていたカレーに水と麺つゆを足して汁っぽく改造し、カレーうどんを作った。盛り付けを妻にまかせていると丼の縁ぎりぎりまでなみなみと汁がかけられたうどんがやって来て、私はそれでもごく普通に完食完飲し丼をカラにしたのだが、うどんを食べ終わった妻と子の丼にはまだたっぷりと汁が残っているではないか。

少しして「ごちそうさま」と丼を台所に運ぼうとする妻に向かって私は思わず声をかけたのだ。

「その汁まさか……捨てんの？」

妻は何を言われているのかまったくわからないというように「？」ととまどっている。

私は言った。

「普通のうどんで汁を残すのはまあ話としてわかるんやけど、これはカレーうどんやん。

野菜も肉もめっちゃ入れて作ったカレーライス用のカレーを改造したカレーうどんの汁やん。たとえばやで、カレーライスのご飯を食べて、これで十分、ごちそうさんゆうてルーを残したりせえへんやん」

妻は「たしかにカレーライスでは残さないね」と答えた。

「ほんなら聞きたいんやけど、きみにとってカレーうどんの汁っていうのは白ご飯にかけるカレーのルー（ソース）サイドの存在なん？　それとも天ぷらうどんとかの、うどんにかける汁サイドの存在なん？」

するど妻は迷うことなくきっぱり「うどんの汁サイド」と断言したのである。

（なるほど。それなら残すことも頷ける……）などと感心している場合ではない。

私は「そこはルーサイドやろ」と主張する。

「どんだけ丁寧に具を食べたとしてもこれから洗い場に流されようとしてるその汁にはライスにかけられてた時代のカレールーの記憶みたいなんが色濃く残ってるんよ。今回の件はカレーライスを出して大量のルーを残されたのと同じ衝撃やで」

しかし妻は妻で、カレーうどんになった以上これはうどんの汁であり飲み干すものではないとの主張は変わらない。カレーうどんにかかっている少しトロッとした、けれどサラッとしたところもないとは言えないあの液体はどっちサイドなのか。審判を仰ぎたい。

恐竜「いる」と「いない」の間

公園で遊んでいる子供たちに「世界のどこか遠くの森の奥とか、行ったことない海の底とかに恐竜っていると思う？」と聞くと、いると答える子供といないと答える子供がきれいにわかれた。いないと答えた子は「隕石で絶滅したんだよ」「昔はいたけど今は化石だけがある」と教えてくれて、いると答えた子は「この前テレビで見たんやけど。キャンプしてる人がおってな。その時に後ろをティラノサウルスみたいなやつが通りすぎてん」と話を聞かせてくれた。

　自分が子供の頃は恐竜の実在は信じていなかったけれど、天空の町や地底世界、ヒト型宇宙人のことは心のどこかで信じていたと思い出す。世界は広い。だから必ず、と。

　いま子供たちが答えてくれた「いる」と「いない」の間にはささいな違いしかないような気もしている。どちらの意見を持つ子も知識とはまた別の心の領域で、見えないものに対するおそれや好奇心をしっかり持っていると思うからだ。

想像上の世界を、目の前のお菓子やすべり台や木や団地や海と同じようなリアルな存在として感知できるのは、長い人生でほんの短い時間だけだ。

「恐竜っていうのはあの団地と同じくらいの大きさやから……」と私が指さした時の彼らの表情を見ていると、いまそれぞれの頭の中には大人には見えない生物がリアルに息づいているのだと思える。

「でも、もし恐竜がこの町に来るとしたら、どこから出てくるんやろな……」と私がぼそっとつぶやくと「海からやろ」とひとりが答える。

「あの団地みたいなやつが、海からザーッと……」と言うと、「そこまで大きくない。（団地の）半分くらいやろ」と別の子。

そんなんが出てきたらきみらどうすんの？

そう言うと子供たちは「木にかくれる！」と言って、秋になって大きな実をつけた花梨（かりん）の木の下に駆けていく。その中にはさっき恐竜は絶滅したよと教えてくれた子もしっかりまざっていて、その様子を見た時、私は自然と息をひそめたのだ。

何かがいま、彼らの頭上をゆっくり通りすぎているのだと思って。

なつかしい（あごの）痛み

妻と子が泊（とま）りで出かけたので、その日は近所の肉屋に行き牛ステーキを３００グラム注文した。

普段全員のぶんを買う時にはほぼ豚肉か鶏肉しか選ばないのを店主も知っているから「どうしたん？」と言われ、「今日はよめさんと子供が家におらんので」と説明した。「そうか！」と店主は笑いながら肉を切っている。

けっこう大きいで、と出された肉は３０００円近くした。店で食べればいくらになるだろう。なかなか勇気がいる値段である。しかしまあ、全員で外食したらこれくらいの値段になるのは普通だし、た、高くないぞ……と自分に言い聞かせ、家に帰って肉のかたまりに塩こしょうをしながら、「そういえば」と思い出したことがある。

子供の頃、実家で使っているコップは透明で分厚くてタルっぽい形の……関西では大変おなじみのモロゾフのプリンカップだったのだが、私はあれを大人になるまでただの純粋なコップだと思っていた。それが後年、何かの機会があって店でプリンを買い「あれ……これうちの実家にあったコップと同じやん」と初めて秘密を知った次第である。

この世にプッチンプリン以外のプリンがあったなんて。

思うに、当時家にたくさんあった透明で分厚くてタルっぽい形のガラスコップの「中身」は母親がこっそり食べていたのではないか。たぶん、いや、絶対に食べていた。

そう考えるとどこか痛快である。

親だからといって何でも惜しみなく子供に分け与える必要はなく、自分だけのささやかな秘密を母が持っていた、と考えるのは気分が良い。大人でも子供でも、誰も入って来られない自分だけの聖域を持っていた方が楽しいだろう。

ところで家で1人高い肉を食べながらしみじみ思ったが、高い肉というやつは最初こそウマいが途中から胃がもたれてくるだけのような、なんだか他人の家のスリッパを履いているようなよそよそしさがある。研究心が出て翌日はスーパーで半額シールの貼られた350円のステーキを焼いてみた。どうやら私にはこちらの方がしっくりくるようで、なつかしいあごの痛みでスウィートメモリーズである。

あがらぬ凧揚げ、妙な高揚感

毎年正月は須磨海岸で凧揚げをしている。

海からの風が吹いているので、ぼんやり立っているだけで凧が勝手に空に舞い上がっていくからラクなのだ。初めて体験した時にはこんなに簡単に上がるなんてと感動し、凧揚げの聖地を見つけたぞ、誰にも教えてなるものかと固く誓ったものだった。

しかし……。

海辺の凧揚げは不思議と盛り上がらない。本当に、決定的に盛り上がらない。いつも最初に空に上がった瞬間だけは気分が良いのだが、数分もすれば子は糸巻きを私に渡して他の遊びを始めてしまうし、私もまたパタパタ派手な音をたてて元気にはためく凧とは対照的に、どこかむなしさを感じている。

それでも年に一度のことだからと今年も正月に惰性のように須磨海岸に行くと、当日は音もなく風がすっかりやんでいて、今まで見たことがないほど海が凪いでいた。

私は鏡面のような静かな海を前に凧をセッティングした。

風がないから妻に凧を持ってもらい、砂浜を走る。

よたよたと数メートル、上がったかと思えば落下を繰り返し、疲れたら妻と交代し、私たちは互いに息を切らせながら、それでも妙な高揚感に包まれているのがわかった。

そのうちに、どうせいつもの感じやろと興味を示さず貝殻を拾っていた子供が、自分もやりたいと糸巻きを持って砂浜を走った。

凧はなかなか上がらない。ふらふらとたよりなく浮き上がっては落下する凧を相手に、今度こそはとムキになって走る子の様子を見ながら、つくづく凧揚げという遊びの本質は凧が空に上がるまでの過程＝苦労にあるのだと感じた。

『暇と退屈の倫理学』（國分功一郎）で書かれていた「気晴らしには苦しみや負荷が必要である」という話は海辺の凧揚げを経験すると一瞬で理解できてしまう。あまりにも簡単に上がる凧揚げには盛り上がりに必要な「困難」がなさすぎるのだ。

思うようにならないがゆえに満足した帰り道、私たちはケンタッキーに寄り正月限定の三段お重を買った。おせちはこれじゃないとな。３３９０円であった。

犬の腹で、涙は消えゆく

ストーブの前で犬が体を丸めて寝ている。

同じクッションに自分も顔をうずめ、犬の腹にぴったりくっつくようにしていると、心臓の音と生きている体のあたたかさにつられてあくびが出て。顔を上げると、目からこぼれ出た涙が犬の腹に染みて光っていた。

ああ、涙が腹毛(はらげ)に染みていく……。

そう感じた一瞬は、今私が書き記しておかないと(犬は何かを記録することなんてしないから)記憶からも地球上からもなくなってしまうけれど、それを記録したからといって誰かの役に立つわけでもなく、私の体験は他者にとっては何の意味もない。やはり犬の腹をぬらした涙はわざわざ書きとめなくてもよかったものだ。

生きていくことそのものが、どこにも痕跡を残さずに消滅していくまでのひとときの時間に過ぎないのかもしれない。そう考えるとおそろしい。

でもあの太陽だってあと50億年くらいで寿命がくるんだって。寿命が近づいた太陽は巨大な赤色の星になって、最後は指輪みたいなうつくしい星雲になるんだって。その時は地球だってなくなるから、偉い人も金持ちも、きれいもきたないも、ハードディスクの中身も犬も猫も文鳥も、金魚も亀も、出会った人や去って行った人も、後悔も、よろこびも、何もかもがノーカウントになって、それはノーカウントという言葉さえない無という言葉さえない心強いさみしさだ。

だからといって犬の腹に溶けていってストーブの熱で乾いていく涙を見過ごすことはできず、このように書き記している。

十代の頃、年上の人間から「きみも年をとったらわかるさ」みたいに言われるのがすごく嫌で、自分は何歳になっても若い人にこのような言い方をするまいと誓ったけれど、食堂や喫茶店で熱々のおしぼりを出された時にそれを顔面に持っていってしまう衝動というか、熱いおしぼりを顔にあてたほんの一瞬だけに感じられる「いま、生きてる」みたいな心強さは若い人には説明できない。年をとったらわかるよとしか言いようがない。

幸あれ、知らんけど

小学1年生の子供の公園遊びに1年間つきそってきた。

公園に来る子たちはだいたい鬼ごっこやかくれんぼなどの全身を使って駆け回る系の遊びが好きなのだが、うちの子は1年生時代の最初から最後まで活動的なグループには加わらず、いつも輪から外れて植え込みにもぐって行き、そこで拾ってきた木の枝や何かの蔓で工作する遊びに熱中していた。

最初はその様子を見て若干不安になったので、他の子たちにまじって同じような「1年生らしい」遊びをするようにとあれこれ手を差しのべてみたのだが、子は大人がどれだけお膳立てしても大勢の輪には入っていかなかった。

時間がたつにつれ、私は自分が正しいと思っているレールに都合良く子供を導こうとしているだけではないのか……という反省に至り、今では本人がやりたいようにほっとく＝目の前の子供を信用するのが一番いいのだという結論になって、なんだか感情の四季みたいな紆余曲折を経験できたのも公園生活の収穫だ。

学校が終わってからの1時間か2時間。長い時で3時間以上。幼稚園や保育園時代と違い一緒に遊ぶことはほとんどないから、私は公園のすみに立ってただ子供らを見守っているだけである。そんな時間を過ごすうちにある時、公園で子供たちを見ている今の自分にあるのは祈りの気持ちなのかもしれないと思った。

大昔、亡くなる直前の祖母からもらった短冊の俳句には「ただに祈るよ幸あれと」と書かれていて、もらった時には書いた人間の気持ちなんて全然わからなかったけれど、今はしみじみと理解できる。祈りは、ただそうするほかない片思いのような感情なのだ。

この前まで冬だと思っていたのに公園では梅の花が散ってこぶしの白い花が咲き、花梨の枝先に生えたつぼみからはピンク色の花びらが見えている。子が制作する謎の作品は日に日に増えて狭い家を圧迫し始め、そして私は今日も公園にただつっ立っている。

毎日たくさんの子供たちを眺めながら、何が出来るでもない私はぽつんとした境地にいる。そこで浮かぶ気持ちを言葉にするとこうなのだ。

すべての子供に幸あれ、知らんけど。

7の衝撃

帰宅すると、通販で買った荷物が扉の前に置かれていた。

子が小学2年生になったのでいよいよかけ算の始まりやなと思い、風呂場やトイレに貼る用に九九のシートを購入していたのである。

呼ばれて荷物箱の前にやってきたものの、出てきたものが漫画やおもちゃではなく数式の書かれた表であることに落胆をかくせない子供と向かい合い、私は九九表を賞状のように持って「じゃあ、ぼくのあとに続いて声に出して読むように」とおごそかに言った。

こんなものを声に出して読むのはおそらく数十年ぶりである。

いんいちがいち　いんにがに　いんさんがさん
いんしがし　いんごがご　いんろくがろく
私が読むと、子があとに続いて声に出して読んでいく。

そして……「1×7」を読んだ時、ぞわぞわするような違和感があった。

私は生まれは大阪でしゃべり言葉には当然関西風のなまりはあるけれど、特に何かに引っ掛かるようなこともなくこれまで過ごしてきた。だから意識するでもなく、7は当たり前に「ひち」であると47年間疑っていなかったのである。

布団はひくもの、七五三はひちごさん、7ならべは無論ひちならべである。

それがいま、これから掛け算を学んで行こうとする子供の前で手本を読まねばならない場面で、風呂場に貼り出す予定のシートにはどうやらすべての7に「しち」なるルビが振られているではないか。

「にしちじゅうし」「さんしちにじゅういち」「ししちにじゅうはち」

それでも他の段は「しち」は一度しか出てこないため、つんのめりながらもなんとか見本をこなせた。しかし、7の段になると読めども読めども「しち」の奔流ではないか。

しちいちがしち　しちにじゅうし　しちさんにじゅういち　しちしにじゅうはち　しちごさんじゅうご　しちろくしじゅうに　し、しちち、しちちち……

「ひちひちちゃうんかい！」と私は子の前であるにも拘(かか)わらず九九シートに激昂する。

いくら声に出そうとしても私の口からは「しちしちしじゅうく」が出てこない。歯の隙間から空気が漏れるような音がして唾が飛ぶだけである。

２０２３年４月。打ちひしがれた思いを抱えたまま私は、ボブ・ディランの7年ぶりの来日コンサート参拝のために大阪に出かけた。２０２０年の来日予定がコロナ騒動でまさかの中止になり、もう生きているボブ・ディランの姿は見れないだろうとあきらめていたところから起こった奇跡の81歳での来日。当日は気合いを入れすぎて早く着きすぎてしまい、会場近くのＪＲ天満（てんま）駅で降りて時間をつぶすためにぶらぶらしていた。

そういえば昔天満駅の目の前にダイビングスクールがあって、そこはビルが巨大水槽のようになっており環状線の電車の中から水中に潜って練習するダイバーたちが見えた……という記憶があるのだが、いくら大阪とは言えそんなシュールな光景ってあるだろうか。普段から自分が確かな記憶だと思っているその記憶がまったくあてにならないので、あれも本当にあった大阪なのかはわからない。駅前の正道会館に入門書を取りに行ったらまだ若かった角田信朗（かくだのぶあき）が出てきて前腕の太さにびびって逃げた記憶もあるな……。そんなことをぼんやり考えながら天神橋筋商店街を北上して歩いていた、その時だった。

商店街のはしっこ、天七商店街の入口に大きく「てんひち」と書かれた看板がかかっているではないか。「てんしち」ではなく「てんひち」である。

さすが大阪。そうやんな、そうやんな、としばらくぶりの旧友に道端で突然出会ったような深い感動をおぼえ、私は看板を見上げながら「てんひち！」と声に出した。

ソレ、スマホで拾えますか

早朝、小学生たちが集団登校の待ち合わせで使う公園を散歩していると、遊具の前に褐色の、巨大な、こんもりとした物体があった。

こいつはサイズ的に野良猫や小型犬のものではない。ましてや人間のものでもない。犯人は……超大型犬！と書くと犬が悪いようだが動物には何の責任もなく、悪いのはただ飼い主だけである。しかしこの際責任問題はどうでもよいのだ。今はとにかく目の前のソレへの現実的な対処だけが求められている。どないせえっちゅうねん。

大きさだけで分類すればソレは公園によくある犬猫の落とし物というよりも、仕事が終わってロッカーで着替える時に足元に置いた工事用ヘルメットのようなサイズ感である。その圧倒的な大きさはただ1人現場に立つ私をひるませるに十分であった。

これはきびしい……。

やがて朝のあわただしい時間となり、集合してきた子供たちは公園の真ん中にある奇妙な物体に対し、最初はとまどい、次に叫び声をあげ、最後には無視するという態度をとっている。私を含めた大人も視線の先にあるものを見ないようにしている。そりゃそうやろな。みな、でかすぎておそろしいのだ。

その日の晩。確かにあったものをなかったことにしてしまった罪悪感にさいなまれ、ふとした思いつきから玄関に積んである新聞紙の束から3枚4枚ほど抜き出して公園に戻った。

変わらず鎮座(ちんざ)する厄災(ソレ)は、街灯の薄明かりに照らされて黒光りしている。

私は勇気を出して厄災(ソレ)の前に立ち、持ってきた新聞紙をくしゃくしゃにし、そっとかぶせた。そして輪郭に沿ってとんとんとんと指先で調整し、最後には「ゼルダの伝説」の主人公リンクが勇者の証であるマスターソードを引き抜くように気合いをこめ「えいやっ」と持ちあげた。

すると、マスターソードとは違い思いのほか簡単に（そしてきれいに）地面からそいつを引っぺがすことができたのである。

厄災(ソレ)があった部分の地面がほんのり湿っているのがなまなましいが、出来栄えとしては99点。それをスーパーの袋に入れて、さらにゴミ袋に入れ、今なお両手に残るずっしりし

た感触とともに、私は、紙の新聞はどこまでもたのもしいと心の底から思った。

もし今回、家に新聞紙がなかったら。この物体はいつまでも放置されたままで、近い将来公園で遊ぶ子供たちの誰かが被害にあっただろう。

周囲ではそもそも新聞は読まないだとか、読んでもスマホで読むだけみたいな人が多いのだが、スマホで犬のうんこが拾えますか？

紙の新聞はたのもしい。

同じことは雨にぬれたスニーカーを乾かす時にも感じるし、5月になって新聞紙でかぶとを作った時にも感じたし、採ったタケノコを包むのも新聞紙だし、この前は図書館のイベントでエコバッグを作ったし、こぼした灯油を吸い取るのも水にぬらして窓ガラスを拭くのも揚げた天ぷらをのせるのも、どれもスマホでは出来ないことばかり！

贅沢ですなあ

知人と商店街を歩き、「ここちょっと高いかもしらんけど抜群にウマイで」となじみの鶏肉店に案内した。その店では手羽先が100グラム156円で売られていて、近所のスーパーの約2倍の値段である。

「手羽先を6本ください」

晩ごはんのおかず用に私が注文すると、店員は袋に入れた鶏肉をはかりにかけ「776円ね」と言った。

それで千円札を出し、お釣りの224円を財布に入れていた時である。

ここまで黙って横にいた知人がぼそっと

「えらい贅沢(ぜいたく)ですなあ」

などとつぶやいたのを私は聞き逃さなかった。その時は「そうかなあ」とあいまいに笑ってしまったのだけれど、時間がたつにつれそのひと言がだんだんムカついてくるのである。

「えらい贅沢ですなあ」

やとこら。たしかに価格だけをみれば私が買った手羽先は贅沢品といえるのかもしれない。

しかしこの場合私が「贅沢」したのはスーパーで同じ本数を買った場合と比較して、差額数百円程度のささやかなものではないか。

たばこ1箱や喫茶店でコーヒーを1杯飲むレベルの額ではないか。

それに比べてきみは春休みに家族でディズニーランドに行ったとかぬかしてたよなあ。あれなんて交通費やら宿泊代やら入園料やら園内飲食代やら何やらで全部でなんぼかかったんか知らんけど20万円くらいいちゃうんか。その間わたしたち家族は犬の散歩をしたり近所の公園でけやきの木の幹を登っていくアリの隊列を見ていただけである。

私はきみたち家族の行動を
「えらい贅沢ですなあ」

などとは言わないが、20万あれば100グラム156円の手羽先が128キロ買える計算であり、手羽先1本を仮に70グラムとして換算すると、きみたちは春休みの数日間で1800本以上の手羽先を食ったことになる！　えらい贅沢ですなあ!!

……と、言ったわけではないのだが、家に帰ってから心の中でまくしたてた。

生活の中で何にどれだけ金をかけるかは人それぞれである。

我が家の家計のやりくりを知っているわけでもないのに手羽先を6本買っただけでなぜ「贅沢」呼ばわりされねばならんのか。いや、そもそも贅沢の何が悪い！


ちなみに私がいま「これは贅沢なのだろうか」と迷っているのが、来年2024年にオープンする予定の神戸須磨シーワールドの年間パスポートである。新規入会で大人1万1000円。子供6500円。妻と子と自分のぶんを買った場合で2万8500円（月々に換算すると2375円）の金を1年間の場所代として投資してよいものかどうか。

これがもしも神戸市立須磨海浜水族園のままだったら妻と子と私で年間6000円の出費で済んだものを。なんで神戸市はワシらの大事な居場所を民間に売り払ってぶっこわしてしまったのか。

などと文句を言いつつ、もし私が来年神戸須磨シーワールドを年パスで堪能していてもどうか許してください。ネットフリックスを解約しましたので……。

ふいに特別な、深夜散歩

もう40年近くたっているにもかかわらず、小学生時代の2つの授業風景が今も印象に残っている。

1つは休み時間に教卓に肘を置いてクラスメイトと腕相撲をしていたら熱中しすぎて授業開始の時間を過ぎてしまい、教室に入ってきた先生に怒られるのかと思ったら「おもろそうなことやってるやないか」と言われ、先生もまじって腕相撲大会が盛り上がった時のこと。

2つめはその日は珍しく校庭に雪が積もっていて、授業中にさらに雪がふってきたのを見た先生が「今日はもう授業中止や」と言って全員で校庭に出て雪遊びになった時のこと。

この2つに共通するのは日常的な時間がとつぜん途切れ、ふいに非日常の空間があらわれたということではないだろうか。

そんなことを考えたのは、つい最近子供がコロナ感染したのをきっかけに10日ほど自宅待機していた時だった。

あれやこれやをぼんやりと考える時間だけは無限にあったのだ。

狭い家なので妻も当然のように感染した。医師からは居住空間を別にするように言われたけれどうちにはそんなスペースはなく、私も当たり前に感染。さいわい食材だけはたくさんあったので症状が比較的軽い私が3食料理をし、食事の時以外は同じクッションに犬も含めて頭を並べ、朝も昼も夜もなく寝転んでいた。意味は間違っている気がするのだが「これは宇宙船地球号やな」という言葉が浮かんだ。

寝たい時に寝て起きたい時に起きる生活が続いた。子が小学生になってからは生活のリズムがきっちりと正確に刻まれていたのでこんな時間の流れ方は久しぶりだった。

症状がほぼなくなったある日、夜中になっても眠れずに暗い部屋で目を開けている子供に声をかけ、散歩に出かけた。

深夜、ひと気のない道は信号の灯も消えていて、私たちは海に向かって歩いた。

その日は海面が高く、海岸につきだした木製のデッキの下からは波がはじける音が聞こえている。

私ははいつくばって地面に耳をあて海の音を聞いた。

それをおもしろがって、子も同じ姿勢になった。

コロナのおかげで学校には行かれへんしあんなに楽しみにしてたプールの授業も受けられへんし、まあ散々やけど、せっかく夏が始まってるのに何も出来ひんかったこういう期間が案外きみの将来の記憶に残るんかもしらんわな。


誰もいない海岸に寝っ転がって私は自分が小学生だった頃の2つの授業風景の話をした。先生はどっちも前田先生っていうんやけど、今はもうこの世にはおらんやろう。

そんな話をしていたら私たちの視線の先、デッキの継ぎ目からフナムシが1匹這(は)い出てきて、私は「これは前田先生の生まれかわりかもしれへんぞ」と言った。

帰り道には工事現場の看板にかくれて猫が3匹いた。いつもは2匹しかおらんのに見たことない子がいる。今日はあの子に出会えた記念日やな。そう言って離れた場所から写真を撮り、猫たちの邪魔をしないよう遠回りして私たちは地球号に帰った。

「カンダタ」の命、見逃した夜

毎晩缶チューハイを3本、寝酒で飲んでいる。

先日、座卓の下に数日間置きっぱなしになっていた空き缶があったので寝る前に台所に持って行き、飲み口に水道水を入れて軽く振って洗い、さかさまにして水を捨てたのだが、そのとき水といっしょに飲み口からでかいクロゴキブリが落ちてきた。

でかいと書いたがその感覚が学術的に正しいのかどうかはわからない。あまりにも突然現れたからびっくりして大きく感じられただけかもしれない。

ゴキブリからしたら、せっかく薄暗くてじめじめした心地よく甘い寝床にいたらとつぜん大量の水が入ってきたあげく縦揺れと横揺れが合わさった激しい揺れが起こり最後はさかさまにされて転落したわけだからひどい災難である。

ともかく深夜の台所で私たちは、おそらくは互いに「最悪やんけ」と感じながら望まない遭遇を果たした。

シンクには裏返ったゴキブリが6本の脚をもぞもぞと動かしている。

しかしすぐに観念した風に、細かなトゲトゲのある脚はぴたりと動きを止めた。その観念のしっぷりがアスファルトの上にひっくりかえった8月の炎天下のセミを思い出させた。

宇宙はどこまでも広いのに、いまだ人間どころか蚊1匹ゴキブリ1匹すら住んでいる星は地球以外には発見されていない。そういう意味ではゴキブリの命ははかなく希少であるが、生活者の目で見ればゴキブリなどただの害虫に過ぎず早急に処置が求められる。

いまこの張り詰めた現場で黒光りするぬれた生き物の生殺与奪（せいさつよだつ）の権を手にしているのは私1人である。

以前何かのテレビ番組で、ゴキブリは背は丈夫で強いが腹が弱点と言っていたのを思い出す。その腹が、目の前でむきだしになっている。

やるなら今しかない。

振り向いて手を伸ばせば凍殺（とうさつ）スプレー。隙間のあいた扉の向こうには寝ている妻と子。

阪神タイガースの岡田彰布（おかだあきのぶ）監督風に言うなら、コレはもうアレせなしゃあない状況よ、おーん。

ひっくりかえった姿勢のゴキブリを眺めていて思い出したのだが、そういえば子供の頃に住んでいた団地で私はゴキブリの卵を見つけ、最初はそれがなんだかわからず小豆(あずき)的な食べ物かと思っていて、ある時カップ麺のうどんに何かの拍子で混入したふやけたそいつを食べたことがあるのだが、特に味に抵抗は感じられなかった。

酒でぼんやりした頭で私は人さし指の背の部分をそっとゴキブリにあててみた。

すぐにわさわさ、と細い脚が皮膚をつかむ感触があった。

「お前はカンダタやな」と私は釈迦になった気分でゴキブリに声をかける。

あるいは、これから地獄に落ちるカンダタは私自身なのかもしれない。

「殺せ、殺せ、妻子のために」と心の声が聞こえた。

結局、人さし指をシンクから上げて見ているうちに、気づけばそいつは視界から消えていた。妻に知れたら離婚の原因になるくらいの最悪な行為やなと思いながら手を洗って寝た。

革命的発見「花オクラ」

花オクラというものを初めて食べた。「これってオクラの花なんですか?」と店員に聞くと「オクラの花じゃなくて花オクラ」と言われたのでそういうことなのだろう。

大人の手のひらほどもありそうな黄色い花が8つか9つ、満杯にパックに詰められていて100円。安すぎる。この値段で商売になるのかと心配になったが、花オクラはもしかしたら天かすと同じでそれ自体を販売して利益を出すというよりは、何か別の主役商品があってその製造工程で出てくるおまけ的なものなのではないか。

たとえば、花オクラはこれだけ花が大きいのだから茎も相当に立派なはずである。

頑丈でしなやかな花オクラの茎(あるいは、千年杉のようにそびえる花オクラの巨木)は野球のバットを作るのに重宝されており、近年では大谷翔平選手が花オクラ素材のバットを愛用していることから栽培農家が劇的に増えた。

そこでバットと関係ない花がこんなに安い値段で売られているわけである。

商品にはゆでたり酢であえたり云々の調理法が書かれた紙が入っていたのだが、いずれもなんだか微妙にめんどくさい。安かったから買ったはいいが手をつけるのが億劫で冷蔵庫に入れたまま1日たち2日たちしているうちにそういえば「日持ちせんから早く食べてね」と言っていた店員の声が思い出された。

そこで「もうどうでもええわ」と生でそのままかじってみたのである。

パックから花を手でつかみ、刺し身のように出汁醤油をつけてかじる。

すると……これが……。予想していた苦味やえぐみがまったくなく、オクラをさらに上品にさせたような香味とふわふわやわらかい食感で、正直オクラよりもおいしい。

食べた瞬間からたちまちはまってしまい、結局1パック全部を酒のアテにして一気に食べてしまった。そして翌日、残り1パックを今度は説明書通りに調理して思ったのは、花オクラは生をばりばり食ってるのが一番ということである。なんにせよこれは革命的な食材の発見であった。

以前、子供との会話で「地球上のおいしいものを3つだけあげるとしたらなに？」と聞かれ、私は「サッポロ一番塩らーめん、吉野家の牛丼、立ち食いそば屋で食べるざるそば」をあげたのだが、花オクラはここに来て食の黄金トライアングルをぐらつかせる勢いである。「サポ塩、吉牛、花オクラ」もしかしたら将来的にはこのような新時代の到来さえも予感させる。

しかしせっかく気にいった花オクラであるが、悲しいことにどこのスーパーにも売っていないのだ。私が見つけたのは車で山奥に遠出した際にたまたま立ち寄った道の駅で、同じ場所に行くためには車で3時間もかかる。

大谷翔平選手が花オクラ素材のバットでついにメジャーリーグのホームラン王になろうかという今、そのバットの先端で輝いていたはずの美しい花が鮮度保持の難しさ等様々な問題があるとはいえ身近に販売されていないというのはあまりにもさびしいではないか。

ちなみにこの世のおいしい食べ物3つであるが、「きみはどうなん?」と聞くと子は熟考し「湯豆腐、ペペロンチーノ、パイナップル」と答えていた。

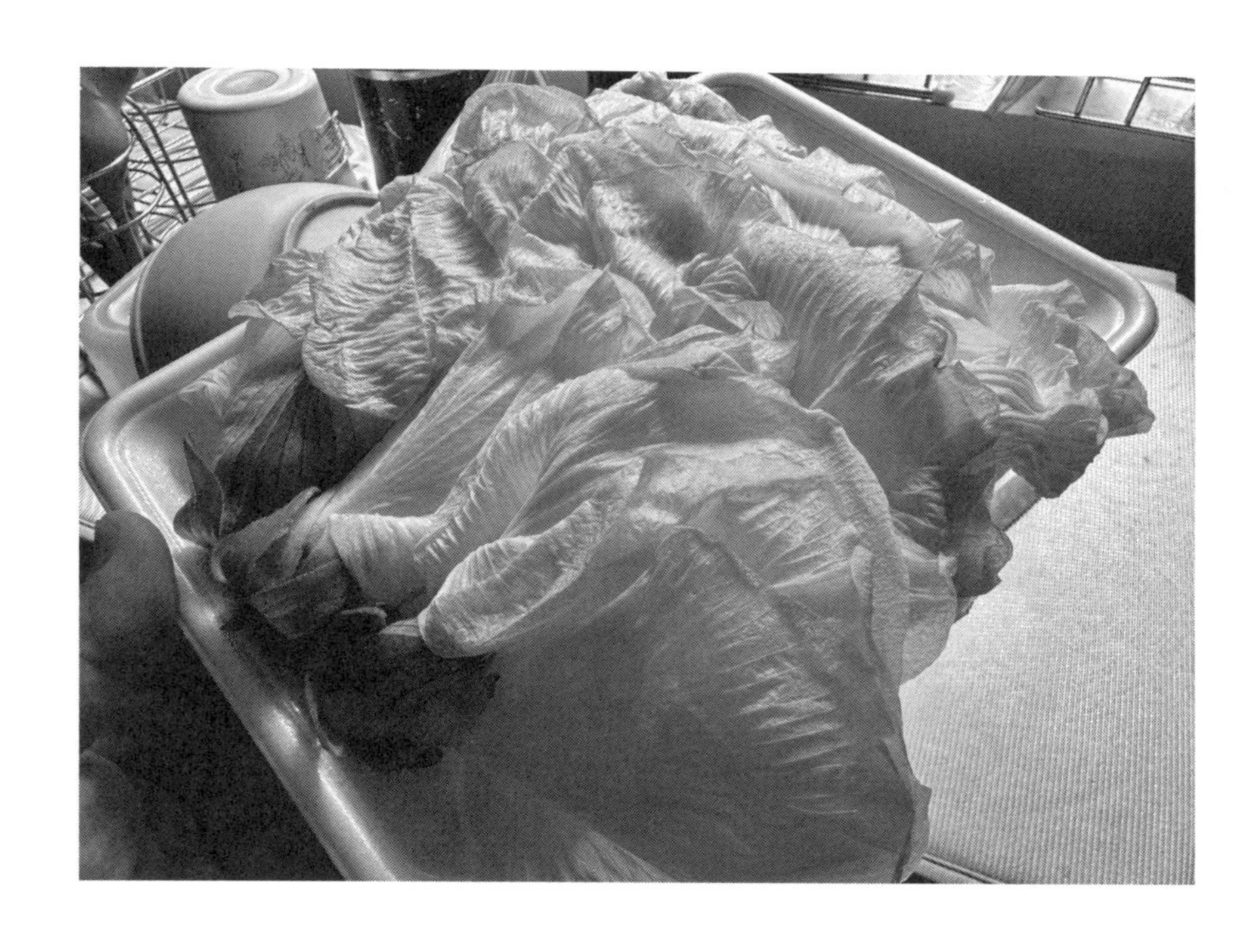

ちっちゃいにんげんですいません

「午前、午後をつかった時こくと時間」と題された宿題プリントを子がやっていた。12進法で午前と午後が切り替わる時計の見方を理解するためだろう、各設問には丸いアナログ時計のイラストがついている。そこに午前6時から午後1時までは何時間かという問題があり、解答欄には「7時間」と書かれていた。

もちろん、正解である。

ところがマルつけ係をしていた私はその時何をぼんやりしていたのか、解答を見るなり子に説教を始めたのだ。

なんでこんな簡単な問題を間違えとんねん。こんなミスをするっていうのはきみがいかに普段から集中せずに適当な気持ちで宿題をしてるかってことや。今回はおまけしてバツはつけんとくからもう一度しっかり考えなさい。というようなことを言い残し、私は夕飯の支度に戻った。

それからしばらくの間、人参、じゃがいも、キャベツなど野菜を切る音だけの時間が流れ、あまりにも静かなので料理の合間にちらっと様子をうかがうと、子の動きが完全に止まっている。そんなに長い時間考えこむような問題だったか?と業を煮やした私が「どこがわからへんの?」と若干イライラした調子で声をかけにいくと、宿題プリントに描かれた時計の文字盤には何度も鉛筆で数字を書いては消し書いては消しした跡が見られ、そして子は思いつめたように「ここの答えはどれだけ数えても7時間としか思えないけど」と言った。

その瞬間、ようやく私はみずからのまぬけな勘違いに気がついたのである。

さすがに恥ずかしさと申しわけなさでいっぱいになったのですぐさま子に対し心をこめて謝罪し……などと書きたいところであるが、私にはそれができなかった。

とっさの行動にこそ人間の本性が出るのだろう。自分が限りなく卑小な存在であることをみずからの事後の態度でもって証明したと言おうか、間違いに気づいた私はあろうことか、何事もなかったように「7時間」に○をつけ、「ほんまやな~」とだけ小声で言ってその場をごまかしたのである。そして(金を渡せば忘れるだろう)とさえ思い、ホイおつかれさんと200円を渡して近所の駄菓子屋に行かせたのである。

自信満々で何かを発したその言葉がぶざまに間違っているというのはなかなか恥ずかしい。そのむかし総理大臣が「云々(うんぬん)」を「でんでん」と読んだり「未曽有(みぞう)」を「みぞうゆう」と読んだりした時、私はそういうミスは他人事とは思えず責めるよりも責められている彼らに同情したものだが、今回などは子供にストレスを与え無駄な時間を過ごさせてしまったぶん総理大臣の漢字の読み間違いなどよりもはるかに罪深いおこないに思える。

子も2年生になりぼちぼち私の書いた文章を読めるようになってきたので今日の新聞はランドセルの上に置いておこう。あやまるゆうきがなくてごめんなさい。きみがかんぺきにただしかったです。ちっちゃいにんげんでほんますいません。

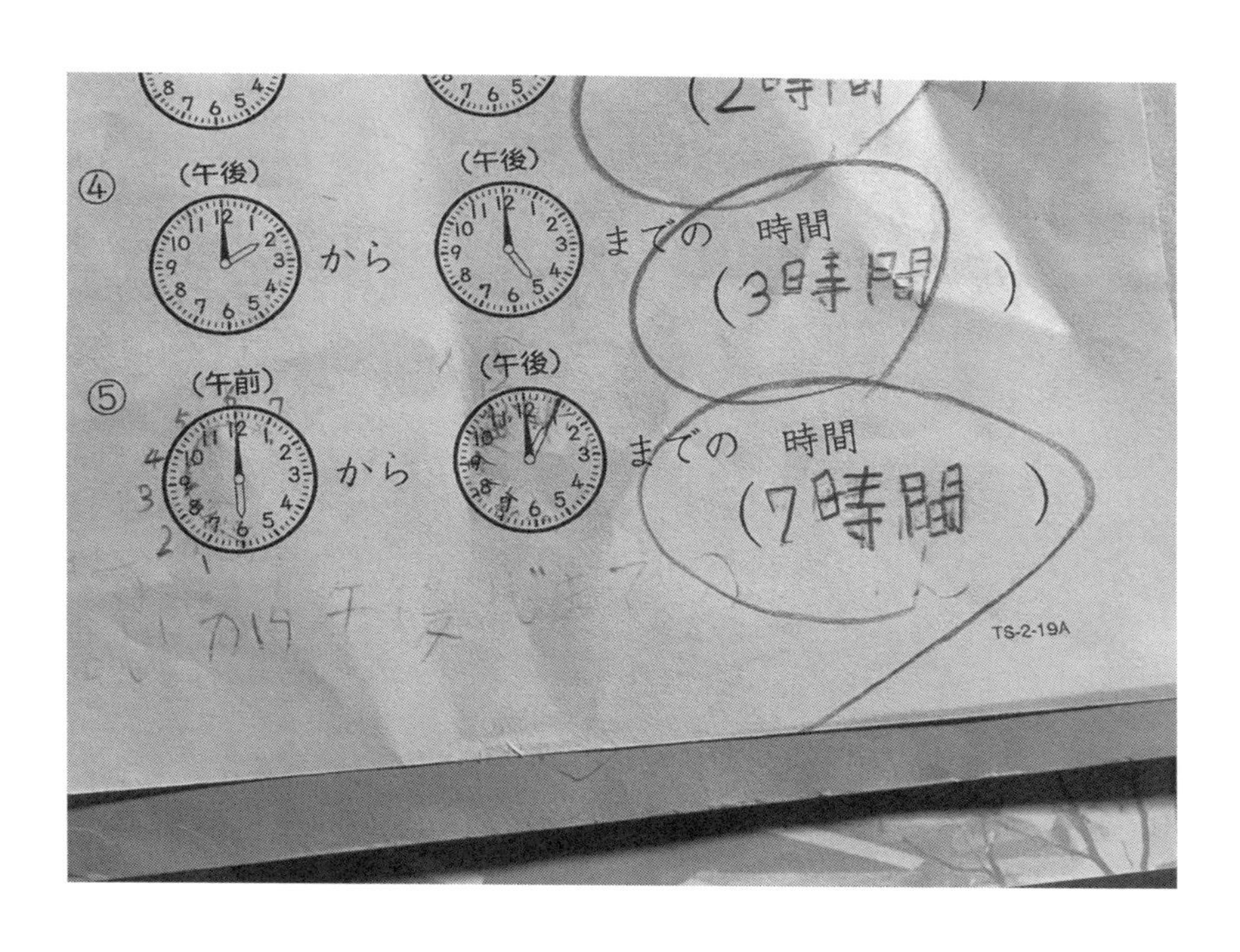
(2時間)
④ (午後) から (午後) までの 時間
(3時間)
⑤ (午前) から (午後) までの 時間
(7時間)
TS-2-19A

サラダっていいもんだ

なぜ今まで誰もそれを教えてくれなかったのだと周囲の人間を恨みさえした世の真理として、私は最近「野菜サラダは体に良い」ということを身をもって理解した。

家の中では私の方が台所に立つ時間が長いため妻と子の晩ごはんもついでに私が作ることが多い。自分だけが食べるなら適当なものでよいのだが、やはり他人の食事となると塩分を控えめに、野菜を多めに、などとバランスを考えてしまい、その結果、自分用メシだと絶対に作らないのだが妻と子には毎回のようにキャベツやキュウリやトマトをサクサクサクサクと切って生野菜サラダを作っていた。

ある時、千切りにしたキャベツがずいぶん余ったので自分用のサラダも作って食べてみたらそれが存外にうまい。もともと料理には自信があるのでさすが私だ、ただ野菜を切っただけなのに熟練の職人が作ったサラダみたいにおいしいと感心し、以降はみずからもなんとなく野菜サラダを食べるようになって、やがて行動がエスカレート（？）して晩ごはんだけではなく朝ごはんにもサラダを食べるようになった。

私はインスタントの袋麺が好きすぎて、だいたい朝食に食べることが多かったのだが、先日から朝食をラーメンではなく生野菜サラダに切り替えたところ、てきめんに午前中の体調が良くなったのである。

もうなんというか、わかりやすく体が軽くなった。

感覚的には今までの体重が半分以下になったほど、いや、それどころではない。とん、とん、とん、と歩くうちに足は地面を離れて体が空に舞い上がり、人間から鳥に、鳥から肉体を持たないただの意識体に変化して地球を見おろしているような……私が手にしたのはそのような軽さであった。


それにしても今まで、朝にラーメンを食べた後はとにかく体が重かった。

同時に眠気もひどく、午前中は使い物にならないことばかりで、しかしそれが数十年続く普段通りの自分でもあったから、私は「人生ってそんなもんだ」とあきらめて午前中を捨てて生きてきたのである。

それが朝にサラダだけを食べる暮らしに転換してからというもの、これまではめんどくさいから他人に会わない道を歩いていた朝の散歩も今では人通りのある方へと進んで行くようになったし、会う人ごとにさわやかにおはようございます！と挨拶（あいさつ）するようになった。今では犬さえも、道に落ちたガムの包装紙でさえも私に挨拶を返してくれている。そうか、これが生きるということか……。

私は、47歳にして気づいたのである。

朝はラーメンなどの重たいものは食べない方がよい。

もしかするとそんなことは誰もが子供の頃から知っている常識なのかもしれない。けれど今の私は「野菜サラダっていいもんですよ」と道行く人の肩をたたきながら大切な秘密を教えて回りたい、そんな衝動にあらがえそうにない、体が軽い、うれしい！

ニーチェ、水島、ギリシャ、全裸

1日1万歩を目標にして、歩いている。

歩いている間はひまだから考えごとをしている。

旅行について考える。旅行をしたのは10年前のメキシコが最後だ。東京からロサンゼルスを経由してメキシコシティへ。ロサンゼルスの空港で荷物検査があり、ペットボトルに入れていた洗濯洗剤が引っかかった。どこか別室に連れて行かれ、屈強な空港職員に囲まれて、私の「アタック」が検査されている。

若い頃からどこに落ち着くでもなくふらふらしていたけれど、妻が吉祥寺のペットショップで安売りされていた犬を衝動買いし、その犬が家にやって来た日から移動への情熱がなくなってしまった。

数年後、確実に犬は死ぬわけだが、その頃には私は生きていれば五十を越えている。犬が死んでまた新しい犬を飼ったとしたらその犬が死ぬ頃には私は七十代になっている。

若い頃と同じものを見た場合、その景色は七十代だとどんな風にうつるんだろうか。ハーバーランド。ポートタワー。メリケンパーク。このあたりはたぶん数十年後も存在してくれているだろう。

岸壁で七十代の私が十代の子供たちを眺めている。

その頃にもTikTokみたいなやつはあるんだろうか。

バカみたいだな。若くてムカつくな。なんて思うんだろうか。

日本中を走るJR線にはだいたい乗ったと思う。

人生で電車の中にいた時間は何年ぶんくらいになるだろう。

19歳か20歳の頃に山口県の萩市で野宿をしていた時、立ち寄った喫茶店で店主からニーチェという人の言葉を覚えておくといいと言われ「真実なんてないのだ。ただ解釈だけがあるのだ」みたいな言葉を教えられた。会話の前後の文脈は覚えていない。とつぜんニーチェて、なに……みたいな、そんな突飛(とつび)さが印象に残った。

ニーチェ、と発話した時の身の丈に合わなさ。

本屋に行きその時教えられたはずの『善悪の彼岸』を買って読んでみたが該当の箇所は見つからなかった。内容よりも驚いたのは訳者の竹山道雄が『ビルマの竪琴』の作者であったことだ。ニーチェと水島が結びつかない。

『ビルマの竪琴』にはビルマの音楽は雨の音をうつすことから始まったと書かれていた。

雨の音は良い。

ビニール傘にあたる雨の音、トタン屋根を打つ雨の音は音楽そのもの。

萩で私に食べ物や萩焼のコップをくれたおばあさんの夫はえらい軍人だったらしく戦争が終わった直後は自分が目を離したら主人は何度も死のうとした、台所から戻ってきたら喉(のど)を。夫が亡くなって、ある日、急須から湯呑(ゆの)みに茶を入れていると湯気にぼんやり虹がたった。そんな話を聞いて、そうなんですか、へえ。と答える。

若い頃の自分はどこにでも飛び込んでいけた。話を聞いてもそれがどのような重みを持つ言葉なのかもわからなかった。

ギリシャかどこかの神殿に行った時、ツアーの列からはずれて1人で崖を降り、岩場だらけの海に全裸になって飛び込んだ。やけくそで爽快であった。

何が確かなことなのか。

ここはどこなのか。

気づけば須磨海岸まで来ていて、泡だつ波をすくい、口に含む。海水のしょっぱさは確かだと思う。

「し」の楽しみ方

数年前に中国語の個人レッスンを受けた。そして基本中の基本である四声（しせい）の発音、いわゆる「マー・マー・マー・マー」でつまずいた。その時は（中国語は日本語と違って難しい。日本語話者でよかった……）などと感じたものだが、先日、もしかすると私は幼少時からの環境や教育のおかげで自然と身につけているだけで、日本語の発音も同じように困難なのではないかと考え直す機会があった。

それは子供の本よみの宿題を聞いていた時である。

「詩の楽しみ方を見つけよう」というタイトルの朗読で、文章の中に「友だちに、詩のおくりものをしましょう」「おくりものにする詩をきめよう」というフレーズが出てくるのだが、子供がよむ「詩」の発音がすべて「死」になってしまっている。

私は本よみを中断させ、きみの発音やと死を楽しむことになったりきみが恐怖の大魔王的なポジションになって友だちに死のおくりものをしようみたいな感じになったりしてし

まうんよな、と説明し、だからこの場合の正しい発音は

ポエムのしは「し！」

デスのしは「し！」

と大きな声でよんでみせた。しかしいざ発音を意識し出すとこれがなかなか難しい。

そもそも私は強めの大阪なまりがあるので自然に朗読すればどうしても関西風になってしまう。子は妻の影響でしゃべりも本よみも東京アクセントである。私はがんばって発音を東京風に直したつもりで「詩のおくりものをしましょう」と言ってみるのだが、関西風の「詩」を関東風の「詩」に変換する時点ですでに頭がややこしく、そこに詩と死の区別をつけるとなるとなんだかめちゃくちゃである。

「谷川俊太郎が飼っている犬の死」ゆうたら谷川俊太郎さんが飼ってる犬が死んだゆうことやん。

「谷川俊太郎が飼っている犬の詩」ゆうたら谷川俊太郎さんが飼ってる犬についての詩ゆうことやん。

こう説明しながら私は頭を抱えた。この場合の死と詩は本よみの詩と死と違い「し」の

発音が同じではないか?という気がしてきたからである。つくづく思った。私は細かな発音の違いを意識せず使い分けてきただけだ。

言語初心者である子供が発音につまずくのは当たり前である。

ちなみに谷崎潤一郎の『細雪』では姉の幸子が妹雪子にもたらされた見合い話についてこのように語る。

「今度のんはあんまり急なこと云(い)われたのんが気に入らんのんで、お腹(なか)の中はまんざらいややないらしいねん」

今度のお見合い話は話が急であったのが雪子は気に食わないだけで、話自体に拒否反応を示しているわけではない、くらいの意味である。ここで幸子が使う「のん」の三連発などは関西弁話者以外の方にとっては中国語の四声のような発音のややこしさではないだろうか。

「ただつっ立っている」意味

夜。ひと気のない交差点の歩行者信号が青に変わるのを待っているあいだ、10年ほど前に当時の東京都副知事であった猪瀬直樹氏が、まったく車通りのない横断歩道でも律義に信号を守っている歩行者に対し、車がいなければ渡ればいいのに、そんな状況でも「ただつっ立っている日本人」には「個人の決断がない」とSNSに投稿していたことを思い出した。当時の私はその苦言に大いに賛同したのだった。

そういうやつ、おるよな、と。

その頃の私が通りかかれば「ただつっ立っている」今の私を小馬鹿にするように赤信号を渡っただろうと思う。毎朝通学路の交差点に立ち、集団登校の児童にいかなる時も信号を守らせている手前、赤信号を前にすると自然と身体が硬直してしまうようになった姿は我ながら滑稽(こっけい)である。

それにしても……。

今でも誰もいない信号を守ることに対し気恥ずかしさが残っている。

所在なく屈伸運動をし、用もなくスマホを見る。

永遠にも感じられるこの時間の居心地の悪さよ。

ある音楽家が昔、広大な砂漠にたった1人取り残されたとしても野ぐそだけはしないと冗談とも本気ともつかない発言をしていて、当時も今もそんな状況なら普通にするのではと思うのだが、音楽家が主張したのはそういう話ではない。

誰も見ていない場所であっても自身の行動を規定してしまうほどの大きなものの存在を意識しているか否かというまじめな問いかけであった。

渡ってしまえば楽になる。静けさの中で立つ自分を街灯や月のあかり以外の何が見ているというのか。それでも……何かに見られているような気がする。

この感覚こそがもしかすると信仰みたいなものの源泉なのだろうか。

今まで自分が冷ややかに横目に通り過ぎた、ひと気のない信号でただつっ立っているように見えた人たちにもそれぞれの決断があったのかもしれない、そんなことを考えたところで信号は青になる。

朝。交差点に立って児童の隊列に「いってらっしゃい」と声をかけてもほとんどの児童には無視されるのだが、子供にしたら町の大人なんてアスファルトの上でひからびたミミズくらいのつまらない存在感である。大人など眼中にないのだ、そう意識するとふしぎと心が安らぐ。祖母が死ぬ前に十代の私に書き遺した〝ただ幸あれ〟という言葉の〝ただ〟の意味を今年もまた梅の花が咲く季節に思う。

黄色い横断旗を持ちこんなことをしているのもせいぜいあと数年である。やがて私はこの旗を酒やたばこに持ち替えて、また自分の人生を生きねばならない。

薄い壁をへだてて互いにもたれ合うように立つ裏の長屋の、いつも夜中に何かに怒鳴っていた爺さんが人知れず死んでいた。季節がらにおいもなかった。

葉が落ちるように人が死ぬと思う。人知れずであろうが皆に囲まれてであろうがそこに意味はなく、ただ葉が落ちるように人が死ぬ、梅の花。

ぶらぶらメメント・モリ

子と並んで駅のホームを歩きながら、そんな風にスマホを見てふらふら歩いていると線路に落ちて電車にはねられて死にまっせ、などと説明しているのだが、そのように雑に説明される「死」は言う方にしても聞く方にしても現実感が欠けているようで、どこかむなしさが残り、手応えがない。

漠然とした死を説明するのは難しい。と言ってやがてやってくる犬の死や、順番からいけばきみよりも先に私や妻がいなくなりみたいなリアルすぎる話は避けたいのだ。

十代や二十代の時間はあまりにも青臭く、人生にうま味が出るのは四十代くらいから、などと感じることも多い。けれど私が運良く平均寿命まで生きることが出来たとしても、目の前の子供の四十代の姿を見ることは難しそうだ。そんなことを考えたらぞっとする。

子が歩む人生を見ていたい。それだけの理由で長生きしたいというのに。

18歳の夏に客船のデッキのへりから身を乗り出して、真っ暗で広大な深夜の海を目の前にした時と同じ気持ち。

それよりも金がほしい。

新しいパソコンがほしい。一番高いイヤホンがほしい。ＮＩＳＡやｉＤｅＣｏで投資をしたい。広い土地を買って部屋がたくさんある家を建てたい。

そのための金がありったけほしい。

金、金、金、金と思っているけれど、『芋粥(いもがゆ)』（芥川龍之介）の主人公は一度でいいから芋粥をたらふく食べてみたいと切に願いながら、実際目の前に大量の芋粥を並べられた途端にふぬけたようになってしまう。渇望する気持ちはそれを手に入れた瞬間になくなってしまう。金というやつも一生使い切れないほど手にしたら執着が霧消し、案外退屈さを感じてしまうのかもしれない。知らんけど。

死はどうだろうか。

死はそれを手にした瞬間に意識が消えているから、私の死は理屈としてはあっても体感としては存在しない。メメント・モリとはそれが自分の死である限りにおいて、絵に描いた餅ということになってしまわないだろうか。

自分はどのようにしてこの世から退場するのだろう。

そんなことを考えながらぶらぶら散歩しているのは私だけではないのだと思う。

年寄りが公園に座り、ぼんやりしている時間の意味みたいなものが少しずつわかりはじめてきた……ような気がしている。

海や山やでかいビル。自分がいなくなっても確実にそこにあるものは良い。

散歩コースのゴール地点に、黄色い花が咲いている。へえ、こんなところにと近づくとミモザである。ミモザとアカシアって何が違うんだろうか。目を近づけてひとつひとつを観察すると、日に透かされてまぶしく光る黄色の淡いつぶつぶが、小さな円形花火のように青空に映えて、私の人生は人を傷つけすぎてしまったから失敗だった、そう思わない日はない。でも日はめぐるし。あほんだら。

海や山やでかいビル。自分がいなくなっても確実にそこにあるものは大変良い。ほんとうに。

生きよう。

朝日新聞の読者の皆さん、3年間お世話になりました。よき人生を。

第二章

普段着で町へ

離任式

小学2年生の終業式が間近に迫ったある日、子が学校から帰ってくるなりとつぜん「今年リニンする先生、アプリで発表されてる?」と聞いてきて、一瞬なにを言われているのかわからなかったがすぐに「リニン=離任」つまり今年度で学校を離れる先生のことを意味しているのだとわかった。

聞かれて答えるくらいならこちらから先に伝えておけばよかった……と思ったが、後悔しても遅い。数時間前に学校から保護者向けに配信があり、そこでは今年度で離任する先生が発表されていたのである。そして私はその中に日頃から子が慕(した)っていたクラス担任の名前が書かれてあるのを見つけてしまっていた。

こんなショックニュースをどうやって伝えればよいのやら。迷っていた矢先の、子の帰宅であった。

担任のことは新学期の初日からやさしい先生でよかったと何度も喜んでいて、その後も1年間、元気でやさしくて笑顔がすてきだという担任自慢を聞かされ続けていたので、私は学期ごとに設けられた保護者と教師の面談の席では毎回、子が普段から家で先生のことをどれだけほめちぎっているのかを言葉にして伝えていた。

子はおそらく教室や担任の前では物静かである。

小学生というのは（これは仕方のないことだが）静かでおとなしいタイプの児童の声はどうしても周囲の活発な児童の声に埋もれがちになってしまう。

普段おとなしく学校で過ごしているうちの子が先生に対してどのような気持ちを抱いているのか、ということをしっかりわかっていてほしいと思った。

担任と向かい合った教室では毎回冗談まじりに「来年もこの学校にいてくださいね。その時はまたうちの子をたのんます。廊下とか階段で見かけたら気にかけてやってください」みたいなことを伝えていた。

小学校の先生というのはなかなか切ないもので、同じ学校に長く在任する保証なんてどこにもない。若い先生ならなおのこと、短い期間でシャッフルされるように別の学校に行ってしまう。

「1年生の時の担任の先生も次の年に別の学校に行ってしもて、終業式の日にめっちゃ泣いてたんですわ、だから先生、来年もどうかここにいてください」

こんなことは言ってもどうにもならないことであるとはわかっていたけれど……。


リニンする先生について聞かれた私は答えに困り、とっさに「まだスマホ確認してないから後で見とくわ」などとその場をごまかしてしまったのだが、「ところでなんでそれが気になんの？」と聞いた。

すると子は「今日先生に呼ばれて、離任式の花束役をたのまれたから」と答えた。

「花束役って……誰に渡すの？」

「わからん」

「先生がきみに花束役お願いするわって言うたん？」

「そう」

そうなんや……としか言えず、私はその場でスマホを起動させ、「ここに先生の名前があるんよな」と学校からの配信を見せた。

つい先日おこなわれた授業参観では皆の前で学習用パソコンを使って好きなものや特技などの自己アピールをするという時間があったのだが、ほとんどの子がそつなくこなす中、

それができず教室でただ1人泣き始めたうちの子と、弱々しい笑顔で困り果てていた担任の姿を思い出し、(えらい大役を任せはったな)と思いながら……。

離任式は終業式と同じ日におこなわれる。その日の朝「先生が大事なイベントの花束贈呈役にきみを選んだっていうのを誇(ほこ)りに思いなさい。期待にこたえたれ!」と出かける背中に声をかけた。

本番では、まだ何も始まらないうちからすでに泣きじゃくっている子供の姿が早々に確認できた。

式が進んで行き、学校を離れる先生たちのスピーチが続き、そして最後の最後に先生の元に歩いて行って派手に泣きながらもしっかり花束を手渡している。

いま自分が目にしているこの景色はなんなのか。

色々なものがすぐにこわれそうで、もろく、はかなく、たくましいような、よくわからないような、まぶしいような、そんな感情が自分の中に乱反射し、体育館の窓越しに、日の光に照らされた桜の花びらが次から次に斜めに流れて行く。子の2年生が終わった。

一両編成の電車

真夜中、眠りから覚めた瞬間に条件反射でスマホを手にとってしまうのをやめて、その時間を布団の中でつらつら考えごとをするために使ってみようと思った。ところがそうやって出てくるのは楽しげな思い出や建設的な発想などではなく、考え始めると鼓動が速くなってくるような窮屈な世界の人間関係の悩みや積年の被害妄想や恨(うら)み節ばかり。

これならスマホを手にとってSNSで他人同士の揉(も)め事でも眺めているほうがよほどマシだ。暗闇の中でまぶしい光をあびているほうがかえって健康に良いのではないか。

しかし考えてみれば、少し前まではスマホなんて存在せず夜は読書灯でもつけない限りただの闇としてあったわけで、昔の自分はよくこんな何もない時間、何もない闇と共存できていたものだ。

何もない暗闇にはたしかな質量があると思う。

何もなさがどっしりと、重たい布団のようにのしかかっている。

そんなことを目を閉じたままじっと考えていた。

十代から二十代にかけて、広げれば畳半分くらいの大きさになる紙の日本地図をリュックサックに入れて電車であちらこちら旅をしていた時期があった。一日の大半を過ごす電車の中では本を読む気にもならず、ただ眠っているか、窓の外をぼんやり眺めているかしかない。

車内に誰もいなくなれば地図を広げ、それにもすぐに飽きて、ひたすらひまな時間を過ごしていた。目的地もないので行けるところまで、最終電車の「はしっこ」まで行く。日本は狭いようで広く、たいていの場所までは線路が延びているから電車旅にはうってつけの国だと思うけど、それでも何日も乗り続けていればあっけなく端から端までたどり着けてしまう。

そんな風にして日本を何周くらいしただろうか。

誰とも交流せず、移動することだけが目的といえば目的だった。何がしたかったのか今もわからない。

電車の中で眠っていたかっただけかもしれない。

意識が覚醒している間に眺めていたのは窓の外の景色というよりも、自分の内面の奥の奥のほうの、なにか暗いどぶの底のような景色だった気がする。

冬の北海道の夜、一両編成の電車に乗っていた。運転席と客席の間にドアや壁はなく、前方には小さなストーブが置かれている。ストーブの周りに運転手と地元民であろう男性が一人、椅子に座って缶コーヒーを飲んでいる。私はその様子をぼんやり眺めている。乗客が胸ポケットから煙草のくしゃくしゃの箱を取り出して軽く振り、出てきた一本をくわえる。もう一度振って出てきた一本を運転手に向ける。運転手は差し出された一本を抜き取ってくわえ、どちらかが火をつける。ストーブが燃えている。

雪の降る原野を電車は速度を落として走っている。

この光景は今も鮮明に思い出せるのだが、いくら旅をしていたのが昭和が色濃く残る平成初期とは言え乗客と運転手が向かい合ってストーブにあたって煙草を吸っている、そして電車が走っているなんて状況は現実的にはありえないと冷静に思う。それでも私の記憶には、あの日の一両編成の電車が存在している。本当にあったわけではないかもしれないが、本当にあった風景。

あの時の雪の原野や車内のあたたかさ、煙草の箱のシワシワや振られてピョンと出てきたその中の一本や車内のすえたにおいはどこから来たのか。その世界の私はあてもなくどこに向かっていたのか。

どこかに出かけたいと焦がれていた私の感覚はどこへ消えてしまったのか。

眠りと覚醒のあいだのかすみがかった意識の中でもやはり、雪の降る闇の原野を一両編成の電車が走っている。

風にゆれるうすいカーテンのような、やわらかな何もなさ。

そっとふれられたような感覚があって目を開けるとそこにはあるはずの天井も屋根もない。

頭上の空は深い青になっている。

減量を決意する

四十代半ばから後半になったあたりから日常生活であきらかに疲れが出やすくなった。午前中は常に眠たく、午後は倦怠感に覆われ、膝と腰は慢性的に痛み、年に数回は定期的にぎっくり腰が発症し、発症すれば数日まともに動けなくなる。

疲れが出やすくなったというよりも、低空飛行のだるさがずっと続いている状態。(まあでももうすぐ五十代だしな。ある程度の肉体の衰えは仕方がないか……)

ここ数年はそんな風に自分を納得させてはいたのだが「いや、待てよ」とも思うのだ。

この慢性的なしんどさは、はたして加齢のせいだけなのだろうか。

考えてみれば私は四十代後半の今まで体のメンテナンスなどを一切してこなかった。

特に子供が生まれてからの10年近くは子の健康状態や栄養状態は気にしたが自分の体の声(?)なんてものを聞こうとしたことすらない。

最近はそんな子供も小学校生活に慣れてきたようで、今までのように「つきっきり」ではなくなっている。

子が友達と遊ぶために外に出かけている時間、私は家の中で1人座っていたりする。そんな時に見えてくるのが自分の出っ腹である。

「カラダさん、カラダさん」と呼びかけたわけでもないのだが、みずからの身体を見ていると自然とこのような声が聞こえてくるような気がするのだ。

「いつまでワシをほっとくつもりや。脂肪が付きすぎやっちゅうねん……」

もともと運動習慣はまったくと言っていいほどなかったし、食生活といえば朝にサッポロ一番塩らーめんを食べ、昼に辛ラーメンを食べ、夜は焼き豚やらケンタッキーフライドチキンやらをつまみながら深夜2時3時まで酒を飲む生活。

その結果は当然体重増加の一途であり、ここ数年は標準体重を約30キロ上回る、堂々たる「肥満」状態が続いていた。肥満度をあらわすBMI指数が30を超えていたので新型コロナウイルスが流行してワクチン争奪戦になった時にまったく並ばずに優先枠でさっさと接種できたことが唯一の良い思い出だが、コロナの騒動もある程度は落ち着いた今、もうこの体重でいるメリットはないだろう。

育児のおかげで子供の人生と並走できて、みずからにまつわる様々な事柄が忘れられた幸せな四十代と違い、私はこれから五十代に突入する。五十代は確実に子は親から離れて行くだろうし、そうなると残された私は自分自身と真に向かい合わざるをえない。

私は視線を下げてそこにある肉のかたまりをつかみ「出っ腹さん、きみとはもう、お別れや」そう声をかけて一念発起し、体重を減らすことに決めたのだ。

私にとってラッキーだったのは体重を減らそうと決意した時期と「サラダってのは案外おいしいもんだ」(P.98)と急にサラダに目覚めて朝食をなんとなく野菜サラダに切り替えた時期が重なっていたことで、細かいことを省いて結論だけをあっさり書くと当初の予定(半年間)よりも2ヶ月ほど長くかかったが、計画通りに体重を25キロ落とすことができた。

よく中年になるとやせにくくなると言うけれどあれは嘘である。

日々のトレーニングで無駄な肉を削ぎ落とし極限の世界を生きているプロボクサーなどとは違い、私のようにだらしない生活を続けて脂肪が増えただけの人間というのはダイエット的には伸びしろ(?)しかない状態なので、体重が増減する仕組みを理解して正攻法で一点突破すれば減量への扉は思いのほか容易に開くことがわかった。

体重増減の仕組みとは「自分の体の総消費カロリーを総摂取カロリー（飲み食いしたもの）が上回れば体重は増えて、下回れば体重は減る」というシンプルなもので、そして「正攻法」とはあまりにも退屈で刺激のない話であるが食事管理と適度な運動、つまりは摂取カロリーと消費カロリーの調整・管理である。

昭和の時代か平成の時代か忘れたが今よりもニセ情報に対する規制がゆるかった時代にテレビで脂肪つまみダイエットというのを紹介していたことを覚えている。「え、腹を揉むだけでやせるのか」となってお腹の肉を揉みほぐしたものだが、今から考えればあんなことをしても皮膚が赤くなるだけである。

減量には抜け道も魔法もない。

これは言い方を変えると減量するためには単純な一本道しかないということで、その一本道だけを見てまっすぐに歩いて行けば必ずやせていくのだと実感した。

キャベツと戦場

ダイエットにおける「適切な食事管理」とは何か。

と1行書いていきなりちゃぶ台を引っくり返すが「そんなぬるい考えは必要ない」が正解である。毎日キャベツを腹いっぱい、たらふく食べていれば嫌でもやせていく。

いや、それは危険思想ではあるのだが、適切な食事管理というのは目標まで体重を減らした後の平和な時代（体重維持期）に使えばいい言葉で、私の場合はまずは現状をこのようにとらえた。

「ここは戦場であり、私はこれから半年間兵役に就かねばならない。幸い、兵営の食料庫にはキャベツをはじめとした野菜と鶏むね肉だけはたくさんあるようだ」

つまり、ダイエットなるものはだらだら続けていくものではなくて、期間を決めてそのあいだ戦場に行かされたと思えばいいのだ。どれだけ食べ物が制限されたとしても（大変失礼な例えながら）第二次大戦期における日本軍兵士よりは数億倍恵まれている。

そう考えるとまあ、つらくても半年後には家に帰れるわけだし、キャベツの食べすぎで死んだ人間もたぶんいない。キャベツの食べすぎで死ぬ人間も中にはいるかもしれないが、比べるまでもなく先の大戦における兵卒よりも致死率は低い。ダイエットだと思うから「もっとおいしいものが食べたい……」的なつらい我慢になるわけで、ここは戦場だと思えば「戦場なのにキャベツと鶏むね肉が食べ放題！　最高！」となって極楽である。


ものすごく雑な書き方をしてしまったが、キャベツだけじゃなくてもいい。とにかく野菜を腹一杯食べていればただそれだけで、運動なんてしなくても体重はある程度までどんどん落ちていく。くわえて飲酒習慣のある人間は（私がそうだったわけだが）野菜を腹一杯食べる生活と合わせて断酒すれば体重は「激減」というレベルで落ちていくだろう。これは実体験である。

毎日好きなだけ飲み食いして好きなだけ酒を飲み、増える限界点（体重にはたぶん限界ポイントがあり、ある一定の重さになってしまうとそこからは特別な努力をしない限り増えていかない。私の場合は身長１６７センチで、90キロ前後にそのポイントがあった）まで増えた体重を減らそうと決意し、３食を大量野菜と鶏むね肉中心にして断酒したら体の中の脂肪はおそろしい速さで消えていった。

世の中を見渡せば「ダイエットのためにジョギングを始めました」なんて人がいっぱいいるが、運動なんていくらしたところで無駄である。

正確に書くと、運動には心肺機能を高めたり何かしらんが元気が出てきたりといった良い効果が無限に存在するのだけれど、運動それ自体のダイエット効果を期待してもがっかりするだけ。

結局食生活を大きく変化させないと体重は思うように落ちていかない。


ややこしい話は置いといて、減量を考えている人は今すぐせいろを適当なネット通販で買おう。ステンレス等の金属製だと丈夫で扱いも簡単だが安価な竹製品の場合は毎日使うから消耗品となる。一般人と同じようなペースで使っている限りせいろなんてそう簡単に壊れるものではないが、私たちはダイエット軍人だから竹製せいろはけっこう壊れる。最初に安いやつを買ってみて、壊れたらショックを受けずにあっさり買い替えていこう。

何らかのせいろが用意できたら1食分につき、キャベツを1玉の4分の1かそれ以上切ってぶちこむ。人参を最低でも半分から1本くらいは蒸気が通りやすいように小さくか、細く切ってぶちこむ。それだけでいいのだが、他に野菜があれば玉ねぎ、じゃがいも、ごぼう、レンコン、キノコ類、青菜、茄子(なす)、オクラ、ブロッコリー、と種類はなんだっていいのでぶちこむ。その時季に値段の安い野菜を適当に選んでおけば十分。

ぶちこむと言ってもぎゅうぎゅうに詰めたらきちんと蒸気が通らないので詰めるのはせいぜいせいろの7分目か8分目くらいまでにして、入らない場合は二段三段と重ねればいい。そうして20分から30分くらい蒸せばどんな野菜だってふにゃふにゃに柔らかくなるだろうからポン酢をかけて腹に詰めて完了。


蒸し上がった野菜はいわば戦時食である。兵糧である。

ゆめゆめ「ごはん」などとは思うなかれ。

どちらかといえば、いや、どこから見ても「エサ」である。

おい、エサが出来たぞ、と自分に呼びかけて野菜をボウルか丼に入れ、そして茹でた鶏むね肉を100グラムくらいスライスして入れる。

まあ中には鶏むね肉が嫌いな人やそもそも野菜が苦手な人もいるかもしれないが、ここは戦場であるからそういう人間は死ぬしかない。

普段着で町へ

これまでにも何度か、減量のために負荷の高い運動に挑戦してきた。

何よりもそれが必要だと思っていたから、とにかく運動といえば必死な顔をして息をハアハアいわせて汗をかいたりせねばと思っていたのである。

まずはジョギング。これはすぐに息をハアハアいわせることができる。やってる感は中から大。

次に水泳。汗が出ているのか出ていないのかわからないがともかく息をハアハアいわせることはできる。全身の疲労感もすごい。やってる感は大。

近年は縄跳び（やってる感＝中）とスケボー（やってる感＝小）をやった。東京にいた頃はウェットスーツと足ヒレとボディボードを買って千葉県の外房に通ったこともある。

ただそのいずれもがことごとく長続きしなかった。

何かを始めると、必ず飽きるか怪我をする。

もっとも最近の怪我は子供が小学生になったタイミングで始めた縄跳びだ。

体育の授業で縄跳びが始まったと聞いて私も縄跳びで減量しようと安易に考え、ホームセンターで大人用の高級なやつを買って気合いを入れたはいいが、2日目か3日目にあっけなく腰を負傷した。その前の怪我はスケボー。ムラサキスポーツで2万円ほど出してボードを買ったはいいが練習していた時に膝をひねってその場で動けなくなった。その後MRIに入れられ数ヶ月間松葉杖で暮らした。

このような失敗の歴史を書くことで何が伝えたいのかというと、体重がある一定以上に増加した状態でいきなり負荷の高い運動を始めると気持ちに肉体がついていかないので故障するという身も蓋もない経験則である。

太り人は意気込みと継続性が反比例する。気合いを入れるほどに何らかの理由ですぐにやめてしまい、そして「また今回も駄目だった……」と自尊心を傷つけてしまう。そういう悪循環はいいかげん卒業したいですな。

私は最近、自分のような人間でも無理なく怪我なく継続できる唯一の方法を発見した。

それは人類史上もっとも気楽に始めることが出来る有酸素運動こと「歩行」である。

ここでウォーキングという言葉を使わないのは、「ウォーキング」にはなんだか前のめりのやる気を感じてしまうからである。私は自分自身を信用していないのでこの「芽生えたやる気」というやつをいつも警戒している。きっと飽きる。きっと怪我をする。だからわざわざトレーニングウェアに着替え、新しい運動靴を履き、腕をよく振って1時間以上歩く、そういったスタイルは選択せず、ただ普段着で町を歩く。やる気とかやってる感はもういらない。

歩行はしょせん歩行でしかないから続くも続かないもないわけだ。

買い物や犬の散歩などのちょっとした用事を思い出したら5分でも10分でもいいから歩く。そんな機会を1日の中でひとつふたつと増やしていく。

目指したいのはあくまでも日常生活の中に自然と「歩行」を位置づけることで、繰り返すが特別感はいらない。呼吸するように、普段着で町へ出る。徒歩で。

学校へ行く子供を信号まで見送って500歩。

犬の散歩で15分歩いて1000歩。スーパーまで自転車を使わずに歩いて行き帰りで2000歩。そのような、1回につき500歩とか1000歩程度の少量の歩行を日に何度か積み重ね、寝る前にスマホや歩数計をふりかえってみた時にトータルで8000歩から1万歩くらい歩いている、という生活態度を私は実践した。

実際のところ、プロアスリートのようなよほど厳しい世界の運動はのぞいて、カロリー消費的な意味での運動の効果にはあまり期待はできない。

たとえば私は減量前には夕食とは別に寝酒として缶チューハイを3本飲みながらつまみにケンタッキーフライドチキンを2本食べていたわけだが、これを単純にカロリー計算するとフライドチキンだけで400キロカロリー、缶チューハイも含めれば合計で約850キロカロリーとなり、850キロカロリーを消費しようと思ったら4時間程度は歩き続ける必要がある。

そんな苦労をするくらいなら晩ごはんを食べた後はお茶を飲んで歯をみがいて4時間余分に寝た方がどう考えても簡単ではないだろうか。

このあたりがやせるためには運動なんかするよりもキャベツだけ食ってる方が早いと書いた所以（ゆえん）だが、ただ運動習慣というやつは減量それ自体のためには必須項目じゃなくても減量後の人生を生きていくために確実に必要になってくるのでなかなか複雑である。

やせた後も人生は続く。

ここは戦場だと腹をくくって集中する減量期を半年として、戦場から帰って来た後の人生を快適に生きるためには運動習慣が必要になってくる。

白い水

十代の終わり頃だった。どこで何をしていたのだったか、家に帰ると扉に「おばあさんが大変。すぐ来るように」というような走り書きのメモが貼られてあった。

当時は携帯電話もない時代だから連絡なんてこんなものだった。

すぐに近くに住む祖母の家に自転車で行き、かけつけていた数人の親族たちに話を聞くと、どうやら少し前に血を吐いたのだという。

結局その日のうちに入院し、たしか1週間ほどで病院で亡くなってしまったと記憶する。

祖母が入院している期間の世話役は周囲の人間に比べて圧倒的にひまな時間を過ごしていた私が自然とやることになった。十代の自分は言葉を選ぶこともしなかったので「おばあさんはこれから死ぬと思うけど、死ぬのってこわいん?」と聞いた。

進学するでも就職するでもなかったので、なにしろ時間だけはあり余っていた。

夜も病院に泊まっていたので最後にたくさんの時間を過ごし、たくさんの話をした。生まれた年が1906年だと聞いて、その時は聞き流してしまったのだが、少し経って漫画『「坊っちゃん」の時代』を読んでいたら1906年は夏目漱石が『坊っちゃん』を発表した年なのかと気づいた。雑踏を歩く漱石とすれちがった母親が背負っていた赤ん坊と、あの時私の目の前で眠っていた人が同時代人である。

病室で横たわっていた祖母は、目の前にいた瞬間にだけ存在するのではなくて、どうやら私の知らない遠くの時間からやってきたらしい。ロバート・ジョンソンよりも年上で、生まれた時には宮沢賢治がまだ生きていたおばあさん。そんなことを考えたのは祖母が亡くなってからのことだ。

病室では夜ごと何かをしゃべり、あるいは黙っていた。黙っている時間は病室の窓にうつった自画像や、ベッドで眠る祖母の姿を絵に描いた。日頃から、夕方近くまで眠っていて夜はずっと起きている生活だったので夜中であっても名前を呼ばれるとベッドに上がり、祖母の体を後ろから抱き起こしてお茶を飲ませた。

そういえば祖母はいつも炊いたご飯をよそい終わった後のカラの釜を抱えるように持ち、釜の内側にくっついた米粒のひとつひとつをつまんで食べていた。そこからさらに水を入れ、残った米粒のかすまで爪でこそいで綺麗に落とし、底にたまった白い水を飲んだ。伯父や伯母たちはその様子を見て「おかあちゃんは戦争をくぐってきたからな」と笑い、私は「その水おいしいの?」とからかい、白い水を飲みほした祖母は「おいしいですよ」と笑っていた。

たまにカレーを作ってくれることがあり、鍋の残りが少量になると「おださくにしたろか?」と聞かれた。

おださく、という響きが耳に心地よく、うんと答えると鍋にご飯を入れて周囲のカレーをこすりつけてカレー雑炊のようなものを作った。

真ん中には卵をのせる。テーブルにはウスターソースが添えられていた。

織田作之助や千日前の自由軒のことを知ったのはずいぶん後になってからで、子供の頃は「おださく」というのは人名ではなく祖母が作るカレーの「最後の方をぐちゃっとしたやつ」のことだと思っていた。

死んだ人間に対してもっと色々と話を聞いておけばよかったと思うこともあるのだが、でも「おかあちゃんは戦争をくぐってきたからな」というような言葉が指し示す祖母のあれこれを言葉で聞いて、何かをわかってしまった気になるのはおそろしいという気もする。わかるくらいならわからないままでかまわない。

豆腐屋に厚揚げを買いに行き、それにネギとかつおぶしとしょうゆをかけたおやつがしょっちゅう出た光景とか、練ったりちぎったりして粉から一緒にわらびもちを作った光景とか、風呂上がりに必ず上半身裸で出てきて垂れた乳房を持ち上げて肌が合わさる部分を扇風機で乾かしていた光景が記憶にある。祖母は病室で「子供の頃には近所にちょんまげを結った人がたくさん住んでいた」と語っていたが、あれはなんのことだったのか。

子供が好むのでたまにカレーを作るのだが、ルーが半端に残った時には「おださくにしたろか」と声をかけて祖母と同じように鍋肌のカレーをご飯にこすりつけ、カレー風の雑炊のようなものを作り、ウスターソースを添えて出す。生卵は苦手なようで「まだいい」とことわられる。

雨では物足りない

大雨警報が出て小学校が休みになった。

外に出て見ると暴風雨というわけではないが、たしかになかなかの降り具合である。自分の子供時代を振り返っても警報による休みの日は普段の休日とは一味違う非日常感というか、予告なくもらったプレゼントのような感じがあって格別だったと思い、「こんな時こそ」とひらめいて子を車に乗せた。

まずはいつもの和菓子屋に立ち寄る。

減量者生活を始めて以来、かれこれ半年以上は酒をやめており、酒をやめるといつもそうなるように体が甘い物を求めるようになって、足繁く通っているうちにすっかり顔なじみになった。

普段通り暖簾（のれん）が出ていたので扉を開けると「こんな雨の中よう来てくれはった。今日はじめてのお客さんですわ」と驚かれた。

もなかを2個とくるみまんじゅうを3個買い、「昔は大雨や台風やゆうたらねえ、オヤジが外に出て板きれを打ちつけよったもんですわ。警報なんか出たらもうワクワクしてねえ」という店主の話を聞く。

そうそう、台風の時は父親がベランダに出て何か知らんが板切れを窓に打ちつける、うちもそれやってましたわ、なつかしい、と私はあいづちを打つ。

せっかくワイパーが開いた視界を、打ち付ける雨が一瞬にしてふさいでしまう。その雨をまたワイパーが綺麗にすみによける。ぼやけた視界と開けた視界が交互に繰り返される中を速度を落として車を走らせた。

目的地のスーパー銭湯はいつもと変わりなく営業していた。

事前に電話をして「小学3年生の女の子なんですけど、さすがに男風呂には入れないから子供1人で女風呂に入らせてもお店的には大丈夫ですか？　本人はめっちゃ乗り気になってましてて」と問い合わせをしていたのだ。

わずかでも迷惑そうな気配を感じたらあっさりあきらめようと思っていたのだが、予想に反して電話口からは「全然オーケーですよ。スタッフも巡回してますし、困ってる様子があったら声をかけますわ」と快い反応がかえってきた。ありがたや……。

靴をロッカーに入れて、受付にチケットを渡し、ここから先は「男」「女」とわかれることになる通路で私は子に言った。「足をすべらさへんようにな。こんな日やからこそ露天風呂コーナーに行ってみて。大雨の中で湯船につかったら絶対におもしろいから。体は熱い風呂に入ってるのに上からは冷たい雨がザーザー降ってきて、ほんま最高」「ほなあとで」「ほな」と私たちは道をわかれた。

私はさっそく男湯のがら空きの露天風呂コーナーに行き、大雨に顔を打ちつけられながら体を湯に沈めた。極楽オブ極楽である。

それにしても……雨粒という言葉があるが、雨の様子を身近にじっと観察していると雨は点（粒）ではなく案外しっかりとした直線によって構成されている。歌川広重が『名所江戸百景』の「大はしあたけの夕立」で描いたあの直線。

空を見上げて顔面に雨をあびながら、藤沢周平の『旅の誘い（いざない）』に登場する歌川広重がある日渓斎英泉（けいさいえいせん）に誘われて、老婆が1人でやっている怪しげな酒場に入ると、老婆から酒の肴（さかな）にすっぽんの生き血をすすめられ……という場面を思い出した。酒か、ひさしぶりに酒を飲みたい、と切に願った。酒か……と、上を向きながら口を開ける。

雨では物足りない。

約束した時間に風呂から出て休憩スペースに行くと、濡れた髪の毛にタオルを巻き付けた子供がキュリー夫人の伝記漫画を読んでいた。シャツの背が濡れていたのでうしろに座り、髪の毛をもう一度しっかりとタオルで拭き直しながら、子は1人でどんな時間を過ごしたんだろうか、と思う。

「露天風呂コーナー行った？」

「もちろん」

昔キューバっていう国に行った時にな、急に雨が降ってきたから傘を探したんやけどどこにも傘が売ってない。だから道で立ち話してた人にへたくそなスペイン語で「傘はどこで売ってるの？」て聞いたらその人たちが「傘なんてささなくていいじゃないか、濡れて歩け」みたいなことをめっちゃ陽気に言ってきて、そうか、そうやな、まあ確かにそうだ、と納得したんやけど、でもぼくにそう言った人たちはすごいカラフルな、大きい傘をさしてたんよな、あれはいったいなんやったんや、という話を子の髪を拭きながらしゃべった。

本気のラジオ体操

夏の間、近所の公園でラジオ体操が開催されることになったのだが、万年人手不足の町内会に入っていたこともあって「あんたなら出来るやろ」と体操のリード役に任命された。

子供時代、小学校校庭で開かれていたラジオ体操にヤクルト目当てで通っていた際、なんやねんあのオッサンと小馬鹿にしながら見ていた「体操の時に一番前で1人だけ皆の方を向いてはりきって体を動かしている大人」にまさか数十年後の自分が任命されるとは思いもしなかった。

子供の時の記憶でなんとなく動きは覚えている気はするのだが、ラジオ体操なんてものを真面目にやったことは一度もない。が、そんなことは言い訳にならない。

半端な動きしかできない状態で当日をむかえ、顔見知りの年寄りや子供たちの前で大恥をかくのは自分自身である。そう思った私は何を強制されたわけでもないのに、その日からラジオやユーチューブや図解を見て動作を研究・練習し、ひたすら第一と第二を体に叩き込んでいく日々を過ごしたのであった。家の中で、大真面目に。


すると、いつのころからだろうか。

私は自分の体に大きな変化が起こっていることに気づいた。

なんというか、体操を始める前と今とでは、肩まわりの動きがあきらかに違っている。

普段からスマホやら読書やらパソコン仕事やらでこり固まっているせいか近年は腕を上げるだけで痛みが走っていた肩甲骨周辺が劇的にほぐれている。

腕が上がる。

上がるだけではなく、ぐるぐると回せる。

そんなことがあってから私は、ラジオ体操というのは大の大人が本気でやったらもしかしたらすごいことになるのかもしれない……と考え始めたわけだ。


ラジオ体操はおよそ100年の歴史を持つ。

現代はパソコンやスマホの普及によっておそらく有史以来人類の肩こりがもっともひどい時代である。しかしありがたいことに、現代は昔のように放送時間に周波数を合わせなくても指先ひとつでいつでもどこでもラジオ体操にアクセスできる便利な時代でもある。

つまり今は、１００年の歴史の中でもっともラジオ体操が必要とされていて、同時にもっともラジオ体操が身近なものになっている、そんな時代であるということだ。

こんなビッグウェーブに乗らない手はないだろう。

7月下旬の早朝、いよいよリード役デビューの日の朝、私は妻にこう声をかけた。

「ラジオ体操を本気でやって、本気でやった者にしか見えない景色を見ようじゃないか」

適当な気持ちではラジオ体操の真の姿は見えてこない。しかし真剣に、音楽をかけながら大真面目に体を動かしてみると、最初の腕を回す運動だけですでに肩甲骨のあたりからごりごり、ごりごり、と石臼（いしうす）を引いたような音が鳴っているのがわかるはずだ。

まさか自分がラジオ体操を他人にすすめる大人になるとは思わなかったが、ともかく公園には蟬（せみ）が鳴き始め、約3週間の熱い夏が始まったのだ。

だいたいのところ

公園ラジオ体操が始まって1週間がたち、私の心にもいくらか余裕が生まれてきた。最初のうちは子供から大人まで参加者の多くがこちらの動きを参照しながら体操をしているという、初めて体験する種類の視線の圧力に負けて頭が真っ白になることもあった。早朝だというのにすでに日差しは強烈で、頭上には蟬の大音響。頭が呆然（ぼうぜん）としてくる。動作が飛んでしまう。動作が飛んでしまってもリアルタイムラジオ体操は15分一本勝負で巻き戻しが出来ない。あげく、こちらは正しい動きをしているのに堂々と間違った動きをするおじいさんが複数いる。それにつられこちらも間違った動きになってしまう。

そんなあれやこれやが重なってとてもじゃないが参加者の動きや表情を見る余裕なんてなかったのだが、人間は環境に順応する生き物だなとつくづく思った。

毎日やっているうちに、私は少しずつリード役に慣れてきたのである。慣れるにつれ次第に参加者の動きを観察する余裕さえ生まれてきて、その結果、ひとつの重大な事実に気づいてしまったのである。みんな、本気でやっていない！

でもまあ朝の6時半から公園に集まって体を動かそうという人間なんて全人口の0・1パーセントもいないだろうから参加しているだけで十分立派だとは言える。だからこそ0・1パーセントのスーパーエリートとしての自覚を持ってもっと本気で体を動かしてほしい……と、相変わらずの灼熱(しゃくねつ)の日の光を浴びながら、太陽の光を反射する地面のまぶしさに薄目になりながら思いつつ、今日も熱心なラジオ体操主義者として笑顔と拍手で無事に体操を終え、子供たちに「またあした」「またあした」とハンコを押している。

「おお、今日も生きてるな」「なかなか迎えに来てくれへんからな」と冗談をかわし合う老人たち。眠そうな目でやって来て手をぶらぶらさせているだけの子供たち（子供はそれでいいのだ）。なんかもう、朝の体操時間がただただいとおしい……。

それにしても「ラジオ体操、誰も本気でやっていない問題」である。

自主的に来ているお年寄りであれ、子供の付き添いで渋々参加している保護者であれ、参加している人たちのほとんどはだいたいたいの動きができている。

私だってそうであった。子供の時にやったきりなのに、なぜかラジオ体操の動きというのは「だいたいのところ」が体に染み付いてしまっている。

しかしだからこそ、ほぼ全員がその「だいたいのところ」のレベルで動きをさぼってしまっているのが残念だ。誰もが5割くらいの力でラジオ体操の「だいたいのところ」をなぞっているだけである。

私はラジオ体操最大の敵はこの「本気になりにくさ」にあるのではないかと思う。

子供から大人まで、ラジオ体操という宇宙を前にしたら誰もがテレてしまうようである。ピアノの前奏が始まった瞬間に「まあ、適当にこなしていきましょう」みたいな脱力した雰囲気になってしまう。この「テレ」が最大限に発揮される動きがラジオ体操第二の冒頭の「腕と脚を曲げ伸ばす運動」におけるキメの姿ではないだろうか。

腕を下から上にぐるっと回して両こぶしで天を突いたと思ったら、そこから両手を引き下ろして、（ガッツポーズみたいな格好をしながらの）ガニ股。

ふりあげて～曲げ伸ばして～曲げ伸ばして～下ろす！（ガニ股）

ふりあげて～曲げ伸ばして～曲げ伸ばして～下ろす！（ガニ股）

てとこなんですけど、どないです？（知らんがな）

朝の盆踊り

ラジオ体操は第一と第二が各13、合計26の動きで構成されているのだが、実際にやってみるとよくわかるように最初の「伸びの運動」から最後の「深呼吸」にいたるまで、そのすべてのパートで大なり小なり肩甲骨を稼働させている。そして、いったん真剣に始めると第一の後半あたりから体がうっすら汗ばんでくるのがわかるはずだ。

第二が終わった後には肩周辺が熱くなっていて、「だいたいのところ」でこなしている限りではユルい気楽なものであったラジオ体操が、本気でやってみると2周目3周目なんてとても不可能なほどの運動量であることに気づくだろう。

そして気づかないうちに私たちは「あれ？」といつもより動くようになった首と肩のほぐれに気づくわけだが、それはラジオ体操の神からもたらされた福音である。馬鹿にできないのが第一と第二の間にほんのおまけのようにはさまれる首の体操で、私などはあれを繰り返すうちに自転車の運転で「首だけ回しての後方確認」ができるようになった。首だけでやで、体全体を使わんでも首だけスコーンと回して後ろが見れるのなんて何十年ぶりやねんほんま、おそろしいやっちゃでラジオ体操は、などとその効果を力説しているうちについ前のめりになり、妻や子供からは相当に引かれながらも本気で続けていた私の夏の、ラジオ体操がついに終わってしまう。

正直さみしい。

いや、違う。ラジオ体操は一生の問題なのだ。

夏が終わったからハイさようならではなく、心の中に持ち帰らないといけない。

ラジオ体操の効果なんて、手をぶらぶらさせているだけの子供たちややる気なさそうな十代二十代の若者たちは別に知らなくてもいい。

きみらはまだ何もしなくても体が十分に動くからな。

けれどパソコンに向かって仕事をしてそれが終わればスマホを見て、という生活で知らず知らずに背中や首が凝り固まっている四十代、五十代、それ以上の世代の人間にとっては人生の片すみにラジオ体操があるかないかは大きな違いがあると思う。

なんせ昔と違ってラジオ体操へのアクセスは格段に手軽になった。スマホにNHKラジオのアプリさえ入れておけば家の中では当然のこと、旅先でも、電車を待っている間でも夜道を歩きながらでもいつでもどこでもできてしまう。

ラジオ体操とは肩甲骨の凝り固まった中年のブートキャンプである。


でもまあ、私みたいに本気になりすぎてアチラ側に行ってしまったような人間だけじゃなく、ひまつぶしに公園にやって来てふわふわした動きだけですませている老人も、朝まで酒を飲んでふらふらの酔っ払いも、体を動かさずしゃべるだけしゃべって帰る人も、ヤクルト目当ての子供たちも、みんなちがってみんないいわけだ。

すべてをラジオ体操は受け入れてくれるから……。

「今日も生きてるな」「おお、生きとるで」と毎日のあいさつを交わし、最終日には「また来年」「また来年」と去って行った年寄りたちを見ながら、私も途中で死なない限りはそのうち老人になるわけだし、どこかのタイミングでこの場所から欠けていくのだと思った。そして私が欠けてもラジオ体操は続く。

夏のある朝にその年最初の蝉が鳴き始め、次第にけたたましい鳴き声に変わり、そしてラジオから聴き慣れたピアノの音が流れて……。

生き残った者たちの、つかのまの朝の盆踊りみたいなもんですな。

伊能式酔歩ダイエット

最近の私はといえば、ついに酒を再開した。再開してしまった。

ようこそ、酒！　さようなら、スムーズなダイエット！　である。

たぶん8ヶ月くらい断酒していたんじゃないだろうか。

その間はもう、するすると体重が減っていったのに。

ダイエットについて楽勝ムードで語っていたというのに（断酒すれば本当にやせるのが簡単）。今となっては生意気にも上段から減量の心得を説いていたあの栄光の日々がなつかしい。なにが戦場だよ。バカだねえ……。


ただ、救いはある（たぶん）。

私が以前と大きく違うのは減量に関する知識が膨大になったということだ。

つまり「酒を飲みながら無茶な食べ方をする」これだけは今もやめている。

だらだらと焼き鳥なんかをつまみながら酒を飲んで最後にラーメンでしめるみたいなやつ。たまにならいいのだが、あれを習慣として毎日繰り返さないことが最後の生命線である。そこだけはどうかがんばって……たのむ……酔った自分の自制心よ……。

しかし暴飲暴食をやめたといってもしょせん酒は酒である。

断酒している限り楽勝で減っていた体重は飲酒再開後はぴたっとその減少がとまった。そして油断しているとすぐに1キロ2キロと増えるようになった。もうしみじみと思うけど、この標語は小学生の教科書の一番最初のページにでかでかと書いてもよいくらい真実だと思うけど、「酒はダイエットの敵」ですな。日本国憲法にも明記するべきだろう。

ところで「あすけん」なんかで有名な栄養管理アプリ、あれは非常に便利である。

朝、昼、晩と食べたものを細かく入力するとそのぶんの栄養素とカロリーが表示されて、自分が今日1日でどれくらい、どのようなものを食べているか、体重をコントロールするためにはあとどれくらいの食事や嗜好品を摂取してもいいのか、みたいな情報がひと目でわかる。昔なら書籍等を参照しながら紙に記録していかないと管理できなかった情報が親指ひとつで管理できてアドバイスまでもらえるのだから、スマホ時代の今はダイエッター的には追い風でしかない。

こういうアプリを正確に使おうとすると料理する前にいちいち素材の重さを量ったりしないといけないので大変なのだが、ただ、そこをめんどくさがらずに最初の数ヶ月だけでも正確な数値をコツコツ入力していると、不思議なものでいつのまにか、なんらかの食べ物を見ただけでそのカロリーと栄養素がある程度はわかるようになる。

これは脂質がかなり多めだがたんぱく質も十分だし、次の食事で脂質をコントロールすれば1日のトータルとしてみればダメージは少ないだろう。

これは糖質がやばそうだな。ここでこいつを完食すると急に血糖値が上がって眠気におそわれるかもしれない。……というような、食を前にした大まかな見通しと戦略が立てられる。これは漫画『ドラゴンボール』に出てくる相手の戦闘力を瞬時に測定できるスカウターのPFC（たんぱく質・脂質・炭水化物）版みたいなものだ。

だからこそ、である。

今の自分の目にはそんなスカウターが付いているからこそ、飲んでいる酒がどのくらいのカロリーなのかがすぐにわかる。1日に缶チューハイ4本だと600キロカロリー。ダイエット的には狂気の沙汰。しかし酒がとまらない。酒がウマい。救いがない。

これはいったいどうしたらいいのだろうか。

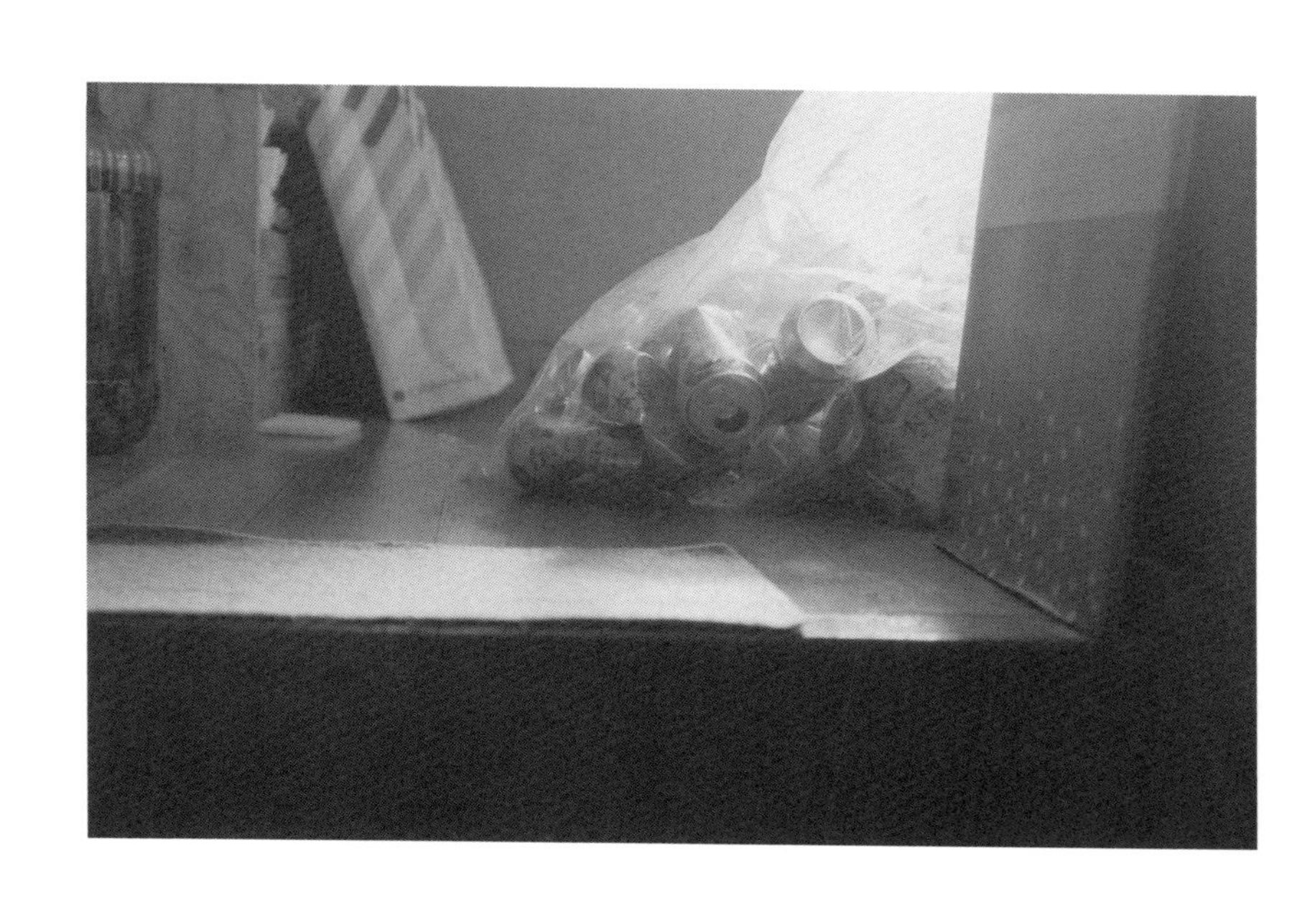

そもそもダイエットなる言葉の語源は紀元前の古代ギリシャ語なわけで、人類の歴史をひも解けばインドやイスラム、アジア、ヨーロッパなど世界各地でも「あんさん、欲望をコントロールして何事もほどほどにしとかなあきまへんで」みたいな価値観が何千年も昔から謳（うた）われていたわけで、そんな価値観が謳われたということは「そうじゃなかった人がたくさんいた」という現実があったからであり、視野を広く大きく持てば人類史的に見て私は孤独ではない。これは間違いない。

おそらく私が抱えているような「酒を飲みながらでもなんとか健康的な生活を続けられないものだろうか」みたいな悩み（？）はこの地球上で人間が何千年も考え続けてきた問題なのだと言えよう。知らんけど。

最近は酒と歩行を組み合わせて「伊能式酔歩ダイエット」を提唱している。これは五十を過ぎてから日本中をくまなく歩いた健脚の神、伊能忠敬のあだ名が推歩先生であったことからの命名であり、缶チューハイを手に持って町をぶらぶら歩くという新時代のダイエットスタイルだ。人によっては単に酔って歩いているだけに見えるかもしれんが、まあ実際酔って歩いているだけである。

ニューワールド

放課後、犬の散歩をしていると、並んで歩いていた子供が空き地に生えたねこじゃらしをさわりながら「2年生がうらやましいなあ」とつぶやいた。「なんでなん？」と聞くと「スマシーに行けるから」とのこと。

子は現在小学3年生なのだが、どうやら1学年下、2年生の校外学習の行き先がオープンしたばかりの「須磨シーワールド」になったらしい。

かつて幼い子供を連れて何度も通った神戸市立須磨海浜水族園（スマスイ）を更地にし、その跡地に出来たリゾートホテル付き豪華観光施設スマシー。建設中からその工事現場を横目に何度も「あほんだら、なにしてくれとんねん」と呪詛(じゅそ)の言葉を吐いたスマシー。

売られたものを買った運営会社に罪があるわけではない。未来につないでいくべき大切な市の財産をその永劫(えいごう)的な価値もわからず売り払ってしまった神戸市だけが悪いのだ。ほんま、あほんだら……。とはいえ、結局のところ2024年6月にオープンした須磨シーワールドは私のややこしくこじらせた怨念など何の意味もないと言わんばかりの連日の大盛況である。スマシーなあ……。

抜いたねこじゃらしをタクトのように振りながら「2年生はいいなあ」「シャチさん見に行きたいなあ」とつぶやく子供に「きみらも校外学習があるやんか。3年生はどこに行くんよ?」と聞くと、子はねこじゃらしの穂先をこちらに向け、顔をしかめながらどろっとした苦い何かを吐き出すように「山のぼり」と答えた。

「山のぼりの方がええやないか。イノシシさんに会えるかもよ」と言うと「普通にシーワールドの方がいいやろ」と即座に返ってくる。そんな会話を聞くわけでもなく犬はマイペースで草地をにおい、ひょこひょことのんびり家に向かって歩いている。

しかし……。

よりによって1学年下からとは。運の悪い。

まあでも……なんにせよ……大人の行き場のない屈折よりも子供のまっすぐな希望が優先されるのは世の道理だろう。

疲れて途中で歩くのをやめ、こちらを見上げている犬を抱き上げて、私は「ほな、ぼくらもスマシー行こか」と持ちかけた。
ねこじゃらしの穂先が高々と揺れている。

土日祝日は混雑しているだろうと警戒し、決行日は学校行事の代休日である平日午後となった。

昼ごはん用に近所で焼きそばを買って持って行こう。あれだけ広いんやからどっかに食べる場所くらいあるやろ。そう思ったが、念のために公式サイトを見ると館内には飲食物を持ち込むなみたいな文言があるではないか。スマスイ時代は子連れでも気軽に利用できるお弁当広場があって多くの人がおのおので持って来た弁当を食べたりしていたのに。

ほんの数年前までたしかにあった平和な風景を思い出すだけで出鼻をくじかれたような気分になり「貧乏からゼニを絞り取りやがって」と腹が立つ。

こんちくしょうめ。

負けてたまるか。そっちがそうくるならば、こっちは家を出る前にたらふく食べてお腹一杯になってやると思って子にはジンラーメンを、私は辛ラーメンを野菜を大盛りにして作った。適当なメロディをつけて「きみはジンラーメン、ぼくはシンラーメン、どっちもかーらーいー」とうたいながらテーブルに出す。

須磨海浜公園駅を降りて長い平坦な一本道を歩いていると、同じ道をベビーカーで何百回も通ったなと、痛いほどなつかしさを感じる。

もう私はベビーカーを押していないし肩車もしていない。

「きみはジンラーメン、ぼくはシンラーメン」とうたいながら、なつかしさと同時に私は冷静に、これからかかる料金の計算もしていた。

入場料大人1名3100円ナリ。これはスマスイ時代なら1年間通い放題の年間パスポートが買えた値段ではないか。子供は事前に予約すれば1回だけ入場料が500円に割引されるシステムがあったはずだが、事前予約をしていないので通常料金がのしかかってきて1800円ナリ。子供なんて神戸市立のスマスイ時代だったら学校から配布されるのびのびパスポートで入場料無料、イルカもウミガメも見放題だったはずだ。ここは須磨やぞ。ハワイでメシでも食ってるんじゃあるまいし。ニセコかよ。


しかし。

子と並んで歩きながら、たこ焼き屋台やコンビニを横目に見慣れた長い横断歩道を渡るとやがて遠くに受付が見えてきて、もうそのあたりでは私は「どうせなら」と腹をくくっていた。この1年は酒場通いも外食もほとんどしていない。髪の毛も風呂場で刈(か)っている。

週に数回は通っていた酒場代だけでも私には「つもり貯金」が何万円もあるはずである。

これを子供の遊びに投資せずして何のための人生か。そうハッパをかけて受付に到着した私は勇気をふりしぼって言ったのだ。

「あの、年間パスポートを作りたいのですが……」


建物の一番端に、「スマコレクション」と名付けられた誰でも無料で入れる一画がある。そこに行くと、スマスイ時代からいたなつかしい淡水魚たちがのっそり泳いでいた。ピラルクやオーストラリアハイギョ、ロシアチョウザメといった長寿魚たち。私とほぼ同世代のロングノーズガーも「よくぞご無事で……」という感じでまだ生きている。

なんかこの一画だけスマスイ濃度が非常に高くて（ミニチュアスマスイもあるし）中毒者泣かせである。スマコレクション奥の入口で、作ったばかりの年間パスポートをかざすとゲートが開いた。

シャチのショーまで時間があったので館内をぶらぶら歩いていたら、良い点と悪い点がすぐに見つかった。悪い点は、水槽の周囲にそれぞれの魚たちの説明や生態を解説するような文章が何もないところだ。現状では展示に「学び」の要素がない。これでは子供たちが水槽の前をただ通り過ぎるだけになってしまうので、これは改善してほしい。

良い点は……スマスイ時代と比べて、アシカもアザラシも、何よりもウミガメが広い水槽で圧倒的に心地よさそうに泳いでいることだった。

メインイベントである巨大なシャチのショーを見た後でスタジアムにぼんやり座っていると、子が「夕日」と言って私のそでを叩いた。

まぶしい光がスタジアム全体をオレンジ色に照らしていて、丸い夕日が遠く山の上に見えている。最後にスマスイに来た日もアシカの水槽を照らす夕日がこんな風にまぶしかったと思い出した。私は子に話しかける。

「くやしいけど、来たら来たでおもろいな」

「何がくやしいの？」

「くやしいのは、スマスイがなくなったのがもう単純にくやしい。でも来てよかった」

子はそれを聞いているのかいないのか、沈んで行く夕日にスマホを向けている。

「なんか、ニューワールドやな」

「ニューワールド？」

あほんだら、なにしてくれとんねん、と思うし、ま、えっか、しゃあない、とも思う。

今はもう、どう思えばいいのかわからない。また来よう、ニューワールド、何度でも。

第三章
今いる世界に

ドラえもんの王国へ

夏休みに子供を連れて1週間、石垣島に行きたいと考えた。その場合家には犬とカエルがいるので妻は留守番となり、旅の間は私と2人だけの行動になる。一番の問題はそのような誘いに子が乗ってくるかである。

赤ちゃん時代なら親の都合でどこにでも行けたものだが今や小学3年生で、性格の細かい私と長期間2人で過ごすなんてさすがに嫌だろう。私だって自分とは旅行したくない。とは言え将来的には100パーセント拒絶されるのだとしても、今ならまだ可能性がないわけでもないのではないか。

私は子の趣味や性格から考えて、どのような誘い方ならこの戦(いくさ)に勝ち筋があるだろうと考えた。正攻法で「いっしょに石垣島に行かない?」などと誘っても、一生懸命こちらを傷つけないように気をつかってはいるのだが嫌がっていることだけは確実に伝わってくる、そんな表情で断られる可能性が高い。

したがって、裏ルートからの攻略を狙うことにした。

このように声をかけてみたのである。

「ひたすらどっかで好きなだけ、朝から晩までドラえもんを読み続ける会があったらどう思う？　そんなんがもしあったらドラえもんの王国やんな」

旅という言葉は前面に出さず、ただ藤子・F・不二雄先生の威光を借りて幻惑する作戦。

子は案の定「え、ドラえもん？」と興味を示している。

「タブレットにドラえもんの電子書籍を全巻入れてやな。それを持って夏休みのうちの1週間くらい、ずっとドラえもんを読んでるだけのツアーがあったらどうよ？」

私はさらにたたみかけた。

「場所は石垣島かどっかで。もしきみがそういうのに興味があるんやったらぼくはその時期は本当はいそがしいんやけど……ついて行ったろか？」


という会話があったのがしばらく前で、いよいよ明日が出発日となった。

犬を飼い始めてからはどこにも行かなくなったからなにせ10年ぶりくらいの旅行である。

私はとても楽しみにしているのだと思う。だからこそあまり気合いを入れて準備しすぎるとコロナとか台風とか何らかのトラブルが発生して旅行が中止になってしまうかもしれないと恐れ、験担ぎの意味もあって前日までは旅のことは何も考えずに過ごしてきた。そして今日ようやく荷造りを始めたのだ。

着替え、タオル、歯ブラシ、歯間ブラシ、懐中電灯、台風が来た場合の雨合羽、日焼け止め、スマホ立て、ぬいぐるみの大小いくつか。髪の毛を乾かす用の無印良品のターバンタオル。水着と水中メガネ。サンダル。

考えてみればこれまで旅行といえば1人で何も決めずに出かける場合がほとんどで、1人だから行き当たりばったりでどうにでもなったのだが子を連れてとなるとそういう旅でつちかった「最悪路上で寝ればいいや」系のスキルは役に立たない。

駅から飛行場まで行くバス乗り場や時刻表を調べながら、他人とどこかに行くのはなかなか神経を使うものだとあらためて思う。家にべったりへばりついているうちに旅行筋肉みたいなものもすっかり衰えてしまったのだろう。宿の住所を地図アプリに入れ飛行場からの経路を検索しているだけで頭が痛い。

荷物をまとめている横で漫画『でんぢゃらすじーさん』を読んでいる子供に向かって「なんか緊張してきたわ」と声を出すと、子はページから目を上げずに「石垣島ってさ、どうやって行くの?」と聞いてきて、前日にして随分のんきな質問だと感心しつつここで「飛行機」と答えると遠距離感が出て子が気分を害するかと思い「バスとか?」と応じる。

宿には食事が付いていなかった。

食事を自分で調達する場合、子供と2人で島の定食屋に入って2人前注文した時に、食べきれなかった分を入れる保存容器が必要かもしれない。ジップロックのコンテナーを大中小3個入れる。あとは割り箸。何かを切るかもしれないのでまな板。簡単な料理が出来るようにペティナイフ。ハンガーと洗濯ロープ。

「きみの荷物は何かあんの?」とリュックを渡すと、子は大量の漫画本をそこに詰め込み始めた。大方の荷造りを終え「緊張するときはどうすればいいと思う?」と聞くと「本を読めばいい」との答えが返ってくる。

深夜、妻も子も眠った静かな空間でパソコン画面を開き、今回の旅で子と私をつなぐ命綱であるところの『ドラえもん』電子書籍版の販売ページをしばし眺める。

全45巻。2万3760円……。

半分ほど残っていた度数7パーセントの缶チューハイをひと息に飲み干して、一括購入ボタンを押した。

ちょっとトイレに（石垣島日記1日目）

本を読んだり、寝たり起きたりしているうちに飛行機はあっさりと石垣島に着いた。機内では「飛行機やと早いけどぼくが十代の頃に徒歩で旅をした時は大阪から広島に行くだけで1週間もかかったんやで」というような話が喉（のど）まで出かかったが、旅の初日から昔語りを始める大人が横にいたら嫌だろうと思ったので静かに過ごす。空港を出るとバス乗り場にタイミング良く路線バスが停まっていたので行き先を確認し乗車した。

私たちが乗ったのは地元の路線バスであった。ただ、乗ってから「当然使えるだろう」と楽観視していた交通系のＳｕｉｃａが使えないことがわかった。現金払いしか道がない。

30分ほどして目的地で降りる時に「大人1人、子供1人です」と運転手に申告すると「５４０円です」と返ってきて、私はとっさに整理券と料金表を見比べながら「それは大人1名分だけの料金ではないだろうか。小学3年生の子供がバスに乗って無料ってことはない気がする」と考えたのだが、しかしその時すでに私たちの後ろには他の降客たちの列が出来ていた。そのため今この場面で優先されるべきは「この子は小学生なんですけどぼくら２人で５４０円でいいんですか？」などと申告して会話を１ターン追加し遅延を発生させることではなく言われた通りの額を払ってすみやかに降車することだと判断し、子の分の料金が気になりつつも私は千円札を支払い口に投入した。しかし……である。

支払い口だと思ったそこはただの両替口であった。

当然のことだが私の前には１０００円分の小銭がじゃらん、じゃらんと出てきた。

ここで正しい手順としては、両替された小銭の中から１００円玉を5枚と10円玉を４枚選んで料金を支払えばよいだけである。

しかし後から振り返ってもなぜあの時あんなことをしてしまったのかわからないのだが、現場の私は後ろに並んでいる客たちの視線と「じゃらん、じゃらん」ですっかりてんぱってしまい、あろうことか今出てきたばかりの小銭をすべて運転席横の運賃投入箱に入れてしまったのである。１０００円分の小銭がローラーで機械の奥へと運ばれて行くのを見た運転手が「え？　この機械お釣りが出んのですけど？」と声に出した。

早く降りてくれよと言いたげな後列からのプレッシャーを一身に浴び背中と脇の下に汗をかく私に運転手は「とりあえずいったん外に出てください。外で待っててください」とあわてるように言い、私たちはいそいそとスーツケースを抱えて外に出た。

西日を浴びて立ちつくしながら、このまま子供も荷物も置いて世界の果てまで逃げてしまいたいと妄想する。しばらくするとすべての降客を処理し終えた運転手が自分の財布から取り出した千円札を両替機に投入して私に運賃のお釣りである460円を手渡してくれた。「子供のぶんの料金は……」などと聞く気力は残っていない。


でこぼこ道をスーツケースを転がして歩くと目指す宿はすぐに見つかった。妻が選んで予約してくれたその建物は宿というよりは古いアパートというたたずまいで、どうやってこんな所を探したんやと感心しつつ戸を開けると中に入った時のにおいが昔東京で長年住んでいた四畳半アパートの「しばらく留守にしていて久しぶりに帰ってきた時の、ちょっとカビの生えたみたいな懐かしいにおい」そのものである。部屋に入るとそこは深紅(しんく)の遮光カーテンが閉ざされた六畳間で、身も蓋(ふた)もない言い方をすると昭和の連れ込み宿みたいな一室であった。

荷物を部屋のすみに置き畳の上に寝っ転がっていると、誰かが帰ってきた時の階段がきしむ音や扉が開く音が何の障壁もなくそのまま耳に入ってくる感覚があって、この自他のない近さが東京の東池袋で住んでいたアパートそのものだと感心し、目を閉じて意識を集

中させると耳から畳、畳から部屋の扉の隙間を抜けてアパートの廊下や壁や階段にまで神経がつながっていて建物と自分がここでは有機的に一体となってつながっているというような妄想にとらわれる。子はさっそくタブレットで『ドラえもん』を熱心に読んでいる。

夜、食べ物を求めて外に出て、比較的安めの食堂を見つけて子はソーキそば、私は味噌汁定食を注文した。店内はそれなりに客がいて、周囲のテーブルをチェックするとまだ料理が届いていないテーブルばかり。これは私たちの番はしばらくかかるなと、互いにスマホを見ながら料理の到着を待っていた。そんなのんびりした時間が流れ、やがて周囲の様子から「そろそろ私たちの番だな」という見通しが立った時である。

まさにそんな絶妙のタイミングで子が「ちょっとトイレに」と言っておもむろに席を立った。私は「おいおい、スマホを見てる間に行きなさいよ」と思ったが、それを口にしても仕方がない。1人になった店内で私には「これは絶対に子がいない間にソーキそばが到着するやつだ」という確信があった。

そして案の定、目の前の空席に、無情にもソーキそばが置かれてしまったのである。丼から立つ湯気を見ながら私は灼(や)かれるような時間を過ごしていた。

ハッピーマート（石垣島日記2日目）

夜中の3時頃に目が覚めると、薄い壁の向こうからビヨンドの「光輝歳月」が漏れ聞こえてきた。ビヨンドは三十年以上前、高校生だった頃にもっとも聴いていた香港のバンドで、近年は民主化運動が起こった時に参加者たちによって「海闊天空」が歌われているのをネットニュースで見た。それにしてもなつかしすぎる。石垣島のこんな安宿で真夜中に誰が聴いているのだろうと思った。こんな偶然ってあるだろうか。

しかし、だんだんと頭がクリアになってきて冷静に周囲を見ると、私のスマホが扉の近くに転がっており、そこから大昔に繰り返し聴いた1991年の香港ライブ音源がリピート再生されているだけだとわかった。昨日の夜、缶チューハイを飲みながら子に「神戸がここで、石垣島がここ。台湾がここ。香港はここ」などと言いながらグーグルマップを見せていたことは覚えているので、その流れで「ぼく香港が好きやったんよなあ」みたいな昔話をし、サブスクにあったビヨンドをかけたまま寝落ちし、そのスマホを寝返りを打って180度回転した子が遠くに蹴っ飛ばしたのだと理解。

朝ごはんは昨日見かけたハッピーマートという地元スーパーに行き、子はかつおおにぎりを、私はウインナーと卵焼きとミニコロッケが入ったおにぎりセットを買った。出かける時に子が履いたのが旅用にアマゾンで買った新品のビーチサンダルだったので足がサンダル擦れする前にと思ってすぐ宿に帰り、朝ご飯を食べて読書。そういえば先日、いつ買ったのかも覚えていないトイ・ストーリーの小さな絵本を子が開いていたのを思い出したのでパソコンを宿のWi-Fiにつないでディズニープラスに入会し、映画『トイ・ストーリー』を一緒に見た。


午後は港のあたりをぶらぶらしようと歩いていたのだが「ビーチサンダルの足のところが痛い」と子が訴えたので散歩は中止して朝も行ったハッピーマートに立ち寄って昼ごはんを買う。レバニラ炒めとブロッコリー炒めとひとくち魚フライと白米2パック。おやつ用にあんこ餅。紙パックのさんぴん茶。無糖コーヒー、瓶ラムネなども買う。

そういえば朝起きた時、寝癖でぼさぼさになっていた子の髪を櫛でときながら「部屋掃除用の粘着コロコロが欲しい。なんでコロコロを荷物に入れて来なかったのか」となったのを思い出したので昼食後、粘着コロコロを探しに今日3回目のハッピーマートに行った。

しかし欲しかった柄の短いタイプがなくて「立ったまま使えます」みたいな柄の長いタイプの物しかなく、何も買わずに宿に帰る。『トイ・ストーリー2』を一緒に見る。

晩ごはんを調達するために、すでに今日3回行っているハッピーマートにまた行った。5本入りの焼き鳥とフライドチキンを購入。店内が涼しいので意味もなくうろうろしていると奥に鮮魚コーナーっぽい場所があり、こういうとなんだが「小さなスーパーだからまあ何の期待もできないな」というようなナメた気持ちでのぞいたら衝撃を受けた。パックにずっしり詰まったマグロとかつおの刺し身が300円とか500円で並んでいる。私は神戸にいる時も用もなくあちこちの鮮魚屋をのぞいているので刺し身の良し悪しは見ればだいたいわかる。これはやばいやつ。一気にテンションが上がり、マグロ、マグロのハラゴ、かつおと3パックも刺し身を買って、冷蔵庫で冷やすためにすぐに宿に戻った。刺し身を冷蔵庫に入れた後は粘着コロコロを探すために登野城のマックスバリュまで歩いた。

途中の道で「やえやま幼稚園」と書かれた古い建物を通った時に「ぼくは18歳の時に初めて石垣島に来たんやけど、その時、将来この島に住もうと思ったんよな。あの時に確信があったから、自分は絶対に石垣島に住むもんだと思ってた」という話をする。「もしぼくが石垣島に住んでたらきみはここの幼稚園に通ってたかもしれんなあ」と言うと、子は、もし私がそういう選択をしていたら妻とは出会っていないはずなので自分は生まれていないのではないか、というようなことを小学3年生の言葉で答えた。

無事マックスバリュで粘着コロコロを買った帰り道、あまりにも暑いのでコンビニに入り私はガリガリ君を、子はいちご味のかき氷アイスを買って駐車場で座って食べた。先に食べ終わってしまったのでアイスと一緒に買った地元新聞を開くと「対馬丸（つしままる）撃沈80年で慰霊祭」というような記事があり、氷アイスをスプーンでほじくっている子供に「きみはもう学校で戦争のこととか習ってんの？」と聞くと「まだ」という答え。

坂道を降りていると右手に広いグラウンドがあり、野球の練習を終えようとする子供たちが西日にまぶしく照らされている。

宿に帰り、先ほど買った晩ごはん用の惣菜（そうざい）を紙皿に分けて晩ごはんのプレートを作る。刺し身がやはりべらぼうにうまい。石垣島にはこんな楽しみがあったのかと気分良く缶チューハイを飲んでいるとどうやら隣室に若いカップルが泊まりにきたようで、2人のはしゃぐ様子が廊下から伝わってきて、たのむから夜はおとなしくしといてくれと切実に願った。

それだけでうれしい（石垣島日記3日目）

夜中、どすんという音で目が覚める。時計を見るとまだ0時を過ぎたばかりである。藤沢周平の剣豪小説の主人公ならばこの音で枕元の刀をつかんで立ち上がると思いながら、部屋のすみまで寝返りを打って回転しさらに壁を蹴らんとする子の寝相を直す。

寝る時には部屋の電気をつけておいてくれと言われていたので夜中とは言え部屋は明るく、なんとなく目覚めてしまったので買ってきた粘着コロコロで布団の上や畳の上を掃除していると、畳の上を5匹、10匹と小さなアリが歩いているのがわかった。

もともと共同トイレや共同洗面所の壁際に同じタイプのアリがたくさんいたので（それ自体はなんとも思わない）そいつらが気まぐれに侵入しているだけなら問題はないのだが、ただ、油断して幾分無造作に置いてしまっていた食べ残し等の飲食物を狙って群がって来ているなら問題だと思い、冷蔵庫の上に置いていた晩ごはんのおかずパックの残りや飲んだ後一応しっかり水でゆすいだはずの酒の空き缶、ラムネ瓶などをひと通りチェックした。

それらには今のところアリが群がっている様子はない。まあ大丈夫か……と判断し、その時は寝て、そして朝。目が覚めて布団に横になったままぼんやりしていた時である。

右手人差し指と中指の股の辺りに何やらチクッとした痛みが走り、見るとその箇所にアリが這っているではないか。私は指の股にいたやつを咄嗟に左手の爪先で叩き潰し「おまえら、噛むんかい」と心の中で叫んだ。朝ごはんを調達しに朝からハッピーマートへ。

今日の朝ご飯はふかした紅芋とほうれん草入りオムレツとサンドイッチ。子は紙パックの石垣島名物（かは知らんけど）ゲンキカフェを飲む。食べ終わってからは部屋で寝転んだり本を読んだりして過ごす。時折、子が絵を描いて下を向いている時などに子の目を盗むようにして部屋をチェックし、見かけたアリをコロコロで轢き殺す。ラジコのアプリで地元ラジオを流しっぱなしにする。クーラーの効いた部屋から見える青空がさわやかにうつっているが外に出たら暑いのだろう。

子がトイレに行くために部屋の外に出た間に、アメやらお菓子やらが無雑作に入っているはずの子のバッグをおそるおそる開けた。案の定、激しく群がっているというレベルではないがそれなりの数のアリが侵入している。入っていた黄金糖や食べかけのメントス等をカバンから出してアリを粛清する。「このたびは石垣島に一緒に来ていただいてありがとうございます」みたいな気持ちなので「この部屋な、アリが入ってきとるんや。油断してたら噛んできよるで」みたいな話はとても言い出せない。

昼の食料を探しに外に出る。昨日マックスバリュまで行く道の途中にサーターアンダギー屋があったなと思い出し寄ってみるとちょうど「揚げたて」と書かれていたので4つ買う。袋を持ったらまだあたたかく、せっかくなので歩きながら2個ずつわけて食べる。坂をしばらく登っていると知念商会というスーパーがあって、子が絵を描く用の3色ボールペンを欲しがっていたので中に入ると、どうやら知念商会は「オニササ」という商品が有名らしく、次々に入ってくる客がみなそろってササミフライとオニギリをひとつのポリ袋に一緒に入れ、それを握りつぶしてレジに持って行っている。その姿を見て「おもろい」となり私たちも昼ごはん用に「オニササ」を作って買った。

袋をぶらさげて歩いていた帰り道、山の方の雲がまっ黒になっていて雷が鳴りだした。「雷雲より速く歩いたら理屈としては助かるな」と言いながら、この状況が不思議とおもしろく、宿までの道を子と笑いながら早足で駆けた。道の途中で行ったことのない鮮魚屋の店先に「さしみ」と書かれたのぼりが立っていて、誘惑に抗えずマグロの刺し身を買い、ハッピーマートにも立ち寄って沖縄そばを買って帰宿。

昼ご飯は紙皿にマックスバリュで買った千切りキャベツを敷いて、その上にオニササを置いてソースをかけたもの。食べた後は昼寝。

16時過ぎに港の離島ターミナルまで散歩に出かける。時間が遅かったので離島行きチケット売り場はすべて終了していたが、子はターミナルの椅子に座り「涼しくてうれしい」とよろこんでいる。すでに今日の分の刺し身は鮮魚屋で買っていたのだが「今日も夕方から刺し身が並ぶんかな?」と気になったのでハッピーマートに立ち寄る。店先に「さしみ」と書かれたのぼりが立っている。「さしみ」が風に揺れている。今日も夕方になり売り場にはたくさんのマグロとかつおが並んでいる。それだけでうれしい。

子は昼に食べた知念商会のオニササが気に入ったようでハッピーマートでもササミフライを買っていた。私も真似してササミフライと白身魚フライを買う。ゆかりおにぎりとさんぴん茶、タバスコを買う。宿に帰って『トイ・ストーリー3』を見る。その間も窓の隙間からはどこかの酒場で歌われているのであろう民謡が聞こえていた。映画を見終えて地元ラジオをかけると今日は全島エイサーというイベントがおこなわれている様子。刺し身がどこまでもウマい。「ひとつぶ300メートル」という言葉が浮かぶ。

やあ、ひさしぶり（石垣島日記4日目）

石垣島に来て4日。部屋の窓越しに曇り空を見ていると、あちらこちらからカラスの鳴き声が響いてくる。全然気づかなかったけれど夜中に雨が降ったのだろう、軒を垂れる雨の音も聞こえ、雨粒の音とカラスの鳴き声が混ざり合っている。朝の7時。部屋の柱は黒ずんでいる。ここは出来て何年くらいの建物なんだろうか。東京にいた頃住んでいたアパートは私が引っ越した時点で築50年だったからもし今もまだあったら70年。もうさすがに取り壊されている気がする。すりガラスと透明ガラスが組み合わさった大きな窓。カーテンレールにかけられたハンガーと、くたびれたようにかかるしわだらけの洗濯物。目を覚ました子供に「ここのアパートはぼくが東京にいた時に住んでた部屋にそっくりや」と話しかける。寝転んだまま漫画を読んでいた子供が「ここ旅館やで」と答える。何をするでもなくだらだらと過ごしている日々の貴重さがわかる程度には私は年をとっている。

朝ごはんはふかした紅芋の残りと昨日買ったごま餅。ごま餅にはたくさんきな粉がかかっているので、これは食べる時に必ずきな粉が畳に落ちるやつ。そして落ちたきな粉を狙ってアリが侵入して来るやつ……という予想ができたので、「ごめんやけどアリが来るから、ゴミ袋の上できな粉をこぼさんように食べてくれません？」と注文。

スマホの天気予報アプリを見ると午後から雨が降るらしいので午前のうちに食料の調達に出る。適当な道をぶらぶら歩いていると新発見のスーパーがあったので期待して入ってみたがめぼしい食料はなく、手ぶらで店を出るのは悪い気がしたのでママレモンと台所スポンジを買う。子は石垣島のローカルキャラクターであるゲンキ君が気になっているようで、ゲンキクールというジュースを買う。洗剤のママレモンを久しぶりに見た気がする。やあ、ひさしぶり、ここにいたのか、というような気持ちになって買ってしまった。

海近くの道をうろうろ歩き回っていると小雨が降ってきたので道を引き返し、ハッピーマートに寄って焼きそばとジューシーおにぎり、白身魚フライ、サーターアンダギーを買う。昼ごはんは先ほど買った焼きそばと、紙皿にマックスバリュの千切りキャベツを敷いてその上に昨日買ったササミフライとさっき買った白身魚フライをのせたもの。

焼きそばにタバスコをかけると猛烈にうまい。

雨は私たちが外を出歩いていた間だけ降っていたようで、宿に帰ってからは止んでいる様子。薄曇りの空が窓の向こうに見え、雲の隙間からはちらちらと水色の澄んだ青空がのぞいている。雲間から弱々しく光が漏れている。買ってきたばかりのママレモンと台所スポンジを「みんなでお使いください」と共同洗面所に置いて、食べた後のプラスチックパックをきれいに洗う。使ったあとの紙皿等、食品系のごみはすべて袋に入れて固く縛り宿の共同ごみ箱に捨てておく。『トイ・ストーリー4』を並んで鑑賞。

子は映画を見た影響か、単純にひまだったのか、紙コップを使って何やら人形を作りはじめ、そのうち私はコーヒーを、子はさんぴん茶を飲みながらおやつ用に買っておいたサーターアンダギーを食べる。運動不足になってはいけないと思い部屋で四股を踏む。

17時前に外に出てハッピーマートに行くと、今日も「さしみ」と書かれたのぼりが立っている。からあげ、白米、マグロの刺し身、これを買ったらアリが心配だと思ったが、安売りシールの魅力に負けてバナナを買う。

そして帰宿後にシャワーを浴び、共用洗濯機を回し、出来た洗濯物を取りに行った時のことである。私は宿のたった1つしかない男女共用の洋式便所の便座が上がったままになっている光景を見た。ああ、来てしまった。洋式便所で立ち小便をするタイプの男が来てしまった。それだけで沈んだ気持ちになる。

なぜ男女共用の便所で立ち小便をするのか。いや、1万歩ゆずって立ち小便までは許したとしても、なぜ使用後にフタ（便座）を下げないのか。使用後にフタすら下げない奴のする立ち小便が便器内におさまるわけがない。もうあたり一面小便だらけである。夢も希望もない。

晩ごはんは子供用に、紙皿に千切りキャベツを敷いてからあげと白米を盛り付けた特製プレートを作る。別皿にマグロとかつおの刺し身を少々のせて出すと、子が刺し身をウマそうに食べている。私も紙皿に千切りキャベツを敷き、からあげと白米を盛り付けて、別皿にマグロとかつおの刺し身をたっぷりと盛り付けて、缶チューハイと泡盛を交互に飲みながらドラえもん『のび太の宇宙英雄記』を一緒に見る。

子がすでに寝た23時くらいだろうか。共同洗面所に出て歯を磨いていると洗濯物を抱えた女性客が洗濯機にそれを入れ、回し始め、私は「今からかい」と思った。

台風大丈夫？（石垣島日記5日目）

一向に起きる様子のない子供の横でNHKラジオのアプリを起動し、はりきってラジオ体操をしていると、それが嫌がらせのような効果を発揮したのか子が苦々しい表情で起き出した。朝ご飯は昨日買ったジューシーおにぎりと安売りで買ったバナナ。

アリが机の上やら畳の上やらにそれなりの数侵入してきている。ゴミの扱いなどにはかなり気をつけているのだが、ただ寝るだけではなく食べて飲んでと生活している限りこれはもう誰が悪いわけではなく（アリだって悪くないわけだ）仕方がない。子が絵を描いたりタブレットを見たり漫画を読んだり妻とメールをしたりしている隙に、目についたアリをコロコロで粛清。ドラえもん『のび太と銀河超特急』を一緒に見る。

冒頭、宇宙空間の場面から、スネ夫とジャイアンとしずかが会話をしている空き地へと場面が転換し、そこにのび太がやってきて「ドラえもーん」と叫んだところでオープニング曲が流れる。この開始の流れがまさに大長編ドラえもんだ、完璧だと感心しながら見始めた。しかし序盤から宇宙を旅する銀河鉄道に乗ったのび太が洋式便所の便座を上げて立ち小便をしており、揺れやすい列車のトイレでなにをしているのかこいつは、と思う。宇宙だから揺れは関係ないかもしれないが、そういう問題ではない。鑑賞後、テーブルの上にあったお茶のペットボトルを冷蔵庫に片付けた直後に子から「のどがかわいたなあ」と言われたので「タイミングが悪いねん」と小言を言う。

3日ほど前にマックスバリュで買って冷蔵庫に入れたままになっていた白玉ぜんざいをそろそろ食べなあかんなと思っていて、フタを開けて白玉部分をつまんでかじってみるとさすがに固くなっていた。これを食べたらテンションが下がってしまうと思ったので白玉部分は処分して豆の部分だけを紙コップに2人ぶん分けて入れ、そこにサーターアンダギーを投入したものをスプーンでくずしながら食べる。これがなかなか、けだるい昼にちょうどいい適当おやつではないか。そんな風に感心している時に、妻から「台風大丈夫?」と書かれたメールが届いた。

私はその情報をまったく知らず「え、台風きてんの?」と思い最新の気象情報をチェックすると、大型の台風がちょうど私たちが帰る明後日に九州上陸という展開になっている。その後しばらく台風情報を集めていると不安な気持ちが増してくる。そしていま出ている情報を総合的に判断する限り、航空会社も台風対応モードになっているので現在私たちの搭乗日の日時変更は容易になっており、予定を前倒しにして明日のうちに神戸に帰るのが最も安全な選択であると判断された。そんな判断はしたくないがそう判断せざるをえない。ただ……台風は予想進路を見る限りこのまま石垣島に滞在していれば何の影響もなく過ごせそうではある。つまり、前倒しで早く帰るのではなく後ろ倒しで延泊するという選択肢もあるのではないかと考え始める。

その魅惑的な言葉の響きを確認するように心の中で静かに「延泊か……」と唱える。

ハッピーマートへ行き子はおにぎりとササミフライとミニ八重山そば。私はミニちゃんぷる弁当とミニ八重山そばを買う。あとは缶チューハイを6本。歩きながら一応台風の状況を簡単に説明しておき、帰宿して子はおにぎりとササミフライを「オニササ」にして食べ、私はミニちゃんぷる弁当を食べる。

子が絵を描きながら「インクがなくなった」と言ったので、外出する用事ができたと思いボールペンの替え芯を求めて知念商会まで歩く。売っているのかいないのかわからずに来たのだが売り場を探すと無事に替え芯は売られており、せっかく来たのでササミフライを2枚と延泊に備えた紙皿も買っておく。マックスバリュに寄っていつもの千切りキャベツを買い、ハッピーマートに行ってゴーヤチャンプルーとおにぎり2個、白ご飯のパック、ごま餅を買う。今日も「さしみ」ののぼりが出ていた。鮮魚コーナーでマグロとアカマチの刺し身を買う。アカマチってなんだろうかと思いながら。

帰宿後は八重山そばを食べ、子はおにぎりを食べる。ディズニープラスにあった『トイ・ストーリー』関連の短編集をすべて見る。買ってきた刺し身と白ご飯を食べながら男梅サワーと本絞り（缶チューハイ）を飲む。台風情報と飛行機の運行情報を交互にチェックしている横で子は「（タブレットに入っていた）『神戸在住』ぜんぶ読み終わった」と言った。車椅子の日和（ひなた）さんのこととか、どう思ったんやろうな……と思ったが感想は尋ねない。刺し身を食べ終わり、缶チューハイを3本飲んで、「銀河超特急はもしリメイクされるなら立ち小便の場面はどうなるんだろう」と考えながら共同洗面所で歯をみがいた。

子供はきな粉をこぼす生き物（石垣島日記6日目）

早朝から落ち着かず、前のめりに台風情報をチェックすると、ただでさえゆっくり進んでいた台風の速度がさらに遅くなっているようで、この感じだとそれなりに雨風に打たれるかもしれないが飛行機は普通に飛べそう。神戸に帰れてしまうではないか。「しっかりやらんかい」というような気持ちを台風に対して抱いてしまう。

ドラえもん『のび太と鉄人兵団』をいっしょに見る。

30分ほど過ぎたところで一時停止しごま餅を食べる。

きな粉をこぼさんように……と注意深く食べながらさりげなく周囲をチェックすると、黒いテーブルと同色のため気づきにくいのだがテーブルの上にはすでに小さいアリが十数匹這(は)っている。その光景を見てしまったのもあってつい強めに子に対し「食べる時にきな粉をこぼしたらあかんで」と注意をしてしまったのだが、注意をしてすぐに後悔というか、きな粉のついた餅を食べる小学生に対して「きな粉をこぼすな」と言うのは不条理ではないだろうか。子供はきな粉をこぼす生き物だろう、と自らを責める。

アリ対策は本当に難しい。侵入してくるアリに対してはコロコロで粛清していかないとこちらが噛まれてしまうかもしれないという現実的な部分と、小学生の子供が持っている「かわいいアリさん」的世界観の保護みたいな部分をはかりにかけて、両者の狭間で揺れつつも（心情的にはかわいいアリさんサイドに傾きつつも）使命を帯びた隠密のごとく人知れず粛清を実行していかねばならないというのがこの部屋での私の苦しい立場である。昼ごはん用に置いていたおにぎりパックに小さなアリが数匹、ゴーヤチャンプルーのパックに数匹。食後、子が手を洗いに外に出たタイミングでそれらを粛清し『のび太と鉄人兵団』の続きを見る。


昼は紙皿に千切りキャベツを敷いてその上にササミフライを置いてソースをぶっかけたやつと、昨日買ったゴーヤチャンプルー。そしてかつおおにぎりとふりかけおにぎり。ドラえもん『のび太と宇宙小戦争』をいっしょに見る。

午後になってもあきらめきれず台風情報を細かくチェックしていたのだがもう腹をくくった。どう転んでも予定通り帰れそうである。ということは今日のうちに各方面に土産を買っておく必要があるなと判断し外出する。相変わらず「台風？　どこ？」みたいな青空。

お土産は近所の世話になっている人たちには簡単なお菓子を、子の友達には「こういうお土産っていうのは値段が高いやつを渡すと相手の親が不審がったり気を遣ったりするから、適度に安くてチープなものがいいのだ」みたいな説明をしてビンに入った77円の星砂を買う。以前500円のお土産を子が仲良くしている友達に渡したら、その友達が「こんなモン誰にもらったんや！」的に親から怒られてしまい、その後めんどくさいことになったという出来事があった。「たかだか500円でなんやねん」というのはあくまでもこちらの常識でしかなく、相手（の親サイド）には相手の事情がある。とにかく子供同士の付き合いを平和に維持するためには「その向こうにどんな親がいるかわからない」という警戒心をこちらが常に持っておき慎重に動く必要がある。子供が友達に渡すお土産の「安さ」に関しては敏感でいた方がいい。

お土産を買った後は離島ターミナルに行き、数日前ここに来た時に気にしている様子だったヤギのぬいぐるみを買う。ハッピーマートに寄ると今日も「さしみ」ののぼりが立っている。今日は「ヒーランマチ」「クルキンマチ」という切り身が売っていたので両方買う。マグロの刺し身も買う。チャーハン、八重山そば、玄米おにぎり、白身魚フライ、醤油、ソース買う。「アカマチ、ヒーランマチ、クルキンマチ。アカマチ、ヒーランマチ、クルキンマチ」と唱えながら宿までの道を歩く。

晩ごはんは、子には八重山そばとチャーハン半分と、マックスバリュで買った納豆。私は紙皿に千切りキャベツを敷いて白身魚フライをのせてソースをたっぷりぶっかけたやつとヒーランマチの刺し身、クルキンマチの刺し身、マグロの刺し身。刺し身を全部食べた後さらに残った半分のチャーハンを食べ、八重山そばを食べ、そして缶チューハイを合計4本飲んで眠くなり、歯をみがいて寝たのだがさすがにいろいろ食べすぎて喉の渇きですぐに目が覚めた。時計を見ると夜中の1時。冷蔵庫を開けて冷えたさんぴん茶を飲む。オレンジ色のネオン街の灯が窓のすりガラスと透明ガラスを通して、さらに干された洗濯物を通して薄暗い部屋の壁に複雑な模様の影を作っている。

子の寝息が聞こえる。目についた数匹のアリを粛清し、再び横になる。それにしてもアリたちはやはり夜中、私たちが寝ている間にもぞもぞと活動しているようだ。あれ以来噛まれていないので別にいいっちゃいいんだけど……。

お好み焼

雷がすごい（石垣島日記7日目）

石垣島への未練を振り切るようにスーツケースに荷物をどんどん詰めて部屋を片付けていると子も起き出して、朝は昨日ハッピーマートで買った黒紫米おにぎりとマックスバリュで買った納豆。朝食を食べた後、財布を確かめると現金が数百円しかなかったので郵便局に行った。金をおろし、その帰り道にとつぜん「竹富島に行こう」と思いついた。

部屋で待っている子供に「出かけるから用意しといて」と簡単なメールをし、宿に帰ったらちょうどスタッフがいたので「大変お世話になりました」とチェックアウトの挨拶(あいさつ)をし、荷物だけ宿に置かせてもらって私たちは小走りで離島ターミナルに行った。最初に目についた八重山観光のフェリーは満員だったが、奥に停まっている安栄観光と書かれた小さな船はまだ乗れるようで駆け込みでチケットを買い乗船する。

子は何かに驚いているように「どこ行くの？」と言いながら、昨日買ったヤギのぬいぐるみを海風にあてている。飛行機が16時30分発なので諸々を逆算すると残された時間はあまりないのだが、ただ歩くだけなら十分だろう。竹富島に着きマイクロバスや自転車に次々に追い越されながらも私たちは西桟橋までの道を歩き、靴と靴下を脱いで目の前に広がる浅瀬に足をつけて歩いた。もぞもぞと動いている小さなヤドカリや真っ白なカニを見ながら今回の旅で初めて「南国におるな……」という感慨深い気持ちになり、炎天下を歩かされて若干不機嫌になりはじめた子供の曇った表情をのぞけば私としては十分に満足したつかのま（10分くらい）の南国体験であった。しかし浅瀬の散歩を終え、靴を履くために子と並んで石段に座っていた時である。私たちの目の前に若い男女カップルがやって来て、男が「なんかさ、ゴミも流れて来てるし案外キタナイ所だね」などと言った。私がもしもヒグマだったら今すぐ藪から飛び出してこの男を平手で襲っている。そう思いながら子の足を拭き、靴下を履かせた。

小さい島だと思っていたが（実際小さい島なのだが）炎天下に子連れで歩くには十分すぎるほどに広い。結局、日に焼かれた舗装道路を2時間くらい歩くことになってしまい、普段から私に付き合わされて長距離を歩くことに比較的慣れた子であるが暑さで泣きそうになっている。「船のターミナルはめっちゃ冷房効いてたから、そこでコーラを買って一気飲みや！」と励ますと、子はなんとか最後の力を振り絞って歩く。

竹富港に着くとちょうど帰りのフェリーがとまっていたので駆け足で乗船し、今にも泣き出しそうな表情になっている子に「さあコーラが近い」ともう一度声をかけた。そして15分ほどしていよいよ石垣港で下船しようとする瞬間……私は、船の片隅の洗浄ホースやら洗い道具やらの置かれた一角にママレモンの黄色いボトルが置かれているのを見た。「あ、ママレモンや」と思った。だからなに?という話だがママレモンを見るとなぜか「あ、ママレモン」と思ってしまう。下船後はすぐに冷房の効いたターミナルの椅子に子を座らせて「ほんまおつかれさん」と自販機で買ってきたコーラを渡した。

昼ごはんはターミナルの椅子に座って、昨日買ったチャーハンを半分ずつ分けて食べた。食べる前に「買ったのが昨日やから、あと今日はずっと暑い中でリュックに入れてたから、腐ってないかをチェックします」と言って執拗ににおいをかいでいると「米って腐ったらどうなるの?」と質問され「米が腐ったらなんていうか、ねちゃっと糸を引く感じになって、なかなかせつない感じになる」と説明。

冷房の効いた離島ターミナルでしばらくくつろいだ後はハッピーマートに立ち寄った。まだ早い時間だから「さしみ」ののぼりは出ていない。

なかなか買うタイミングがなかったが、これを買わずには帰れない気がしていたポーク玉子のでかいおにぎりを買う。あとはそうめんチャンプルーと焼きそば、ごま餅を買う。

宿に戻って預かってもらっていた荷物を受け取り、スーツケースをごろごろと転がして「ほんま、東京にいた頃に住んでたアパートにそっくりやったな」と思いながらふりかえった。入り口に咲いたブーゲンビリアの花に日があたって花の先が風に揺れていた。来た時に降りたバス乗り場まで歩き、来た時とは逆の路線バスに乗った。

支払いは苦い経験をしたからもうばっちりである。しっかりと小銭を用意し、自分のぶんの540円を左手に握り、子供のぶんの270円を右手に握り、降りる時に子に小銭を渡して私たちは両者釣り銭なくバス運賃を払って空港に降り立った。

空港で子はそうめんチャンプルーを、私はポーク玉子おにぎりを食べる。

帰りの機内では暗くなった空に雷が何度も光っており、タブレットでドラえもんを読んでいた子供に「ほら、外見てみ。やっぱりこっちのほうは台風が来てるから、雷がすごいで」と声をかけると、子は窓の外をしばらくながめた後「あれって飛行機のライトじゃない？」と言った。

あらためて見るとたしかに、夜になって翼がランプを点滅させているだけだとわかった。

ブロッコリーの芯を捨てる自由について

なんだか上手いこと言っている気がするけれど、よくよく考えてみると騙されているような……違和感が残る。そんなうさんくさい言葉を探している。たとえば、

①「ポテトサラダがおいしい店は何を注文しても間違いない」

時々いないだろうか。こういうことを語る人。いや、いたっていいんだけど。

定食や弁当の中では添え物扱い。酒場では手頃なつまみの代表のような、どちらかと言えば庶民派サイドの安い扱いをされがちなポテトサラダであるが、だからこそ、そんなポテトサラダに手を抜かずじゃがいもをゆでてつぶす所から手間ひまかけて丁寧に作っているような店は信用できる、間違いない。ポテトサラダがおいしい店ってのは……

「他のメニューにも手を抜いていないから何を注文してもおいしいんだよねえ」

みたいなこと。まあ、言っていることは理解できるのである。

そして、おそらくそれは正しいのであろう。

だからこそである。

そういううんちくを何の疑問もなく語るような人間に対しては、そもそも「お前はいったい何様やねん」みたいないやらしさを感じてしまう。

弱い立場のポテトサラダを相手に生意気な。

安い店で安い酒を飲んでいる安い客である私たちなのだから、味を語るなんて100年早い。ポテトサラダは大きな1キログラムの袋からにょろ〜っと出てきた感じの、ごまつぶくらいの大きさの人参（にんじん）のカスみたいなやつが混じった業務用のねっとりしたやつで十分である。じゃがいものゴロッとした食感なんて来世で食べればよろしい。

行きつけの酒場の店主が仮に割り箸にマヨネーズをかけて「はい、スルメ」と出してきてもウマいウマいと喜んで木片をしゃぶっている、そのような鈍感さこそが安酒飲みの矜持であろう。酒飲みなんて塩気だけあればあとはどうでもよいのである。

②「サイゼリヤはそこらへんのイタリアンよりおいしい」
いささか過剰なサイゼリヤ礼賛をたまに目にしてしまう。確かにサイゼリヤはウマい。それは間違いない。幼い子供連れの家族団欒（だんらん）から友達との飲み会、中高生のたまり場、あるいは1人での勉強や仕事の場にと、使い勝手もきわめて幅広い。

サイゼリヤが最高なのは間違いないのである。

しかし「サイゼリヤはそこらへんのイタリアンよりおいしい」みたいなことまで言われると身がまえてしまう。その手のいささか過剰なサイゼリヤ讃歌（さんか）への違和感の正体は、それが普段からサイゼリヤに通っているようなガチなサイゼリヤ族から発信されるものではなく、普段はよその高級店にでも行ってそうな、人並み以上の文化的な素養とそれなりの経済力を持った小金持ちから発せられる所にあるのではないか。

つまり「私は庶民サイドに立ってモノが言える寛容な精神を持った金持ちである」と顔に書いたようなあつかましい貴族がたまさか庶民に扮して庶民の暮らす下町を歩き「こういう暮らしも活気があって良いですな」とのたまっているような厚顔さを感じるのである。年中サイゼリヤのペペロンチーノを食ってやがれ。食わねえだろお前は、と腹が立つのである。

③「ブロッコリーは芯の部分がおいしい」

この言葉は「ブロッコリーは芯の部分も食べることが出来る」程度ならまだ理解できるのである。大学を出て一人暮らしを始め、自炊をするのび太の元にタイムマシンに乗って過去の世界からおばあちゃんがやって来て「のびちゃんや、ブロッコリーの芯を捨てるなんてもったいないことだよ。おばあちゃんは食べ物のなかった戦争の時代を生きてきたからね。のびちゃんがいま使わずに捨てちゃったこの（と言ってゴミ袋に手をつっこんでつかんだものをのび太の前につき出す）芯もねえ、工夫次第で食べることができるんだ」と言う『ドラえもん』の一場面なら納得できるのである（そんな回は存在しないけれど）。

しかし今の時代、やはりブロッコリーは緑のわしゃわしゃした「森の部分」が主役やろと私は主張したいのだ。芯に関しては外皮を削りとってしっかり柔らかくゆがいて処理すれば食べられるという話であって、それは芯の部分がおいしいというよりは「芯にも一応のうまさがないこともない」くらいのレベルである。

私たちには調理過程でブロッコリーの芯を大胆に捨てる自由があるのだ。

ズドン！（ゴミ箱に芯を投げ入れる音）

まぼろしの薔薇

住み始めた2001年頃の東池袋はまだ大規模な再開発がされておらず、サンシャインシティから少し外れるとたくさんの木造アパートや個人商店が立ち並ぶ商店街があり、東京に縁のなかった自分でも名前を知っている池袋という大都会のすぐそばにこんなにもひなびた町なみがあるのかと衝撃を受けた。

都内で一番家賃の安い部屋を、と不動産屋に頼んで紹介してもらった四畳半の風呂なしアパートは、かたむいた窓の隙間や床にあいた穴からネズミが自由に出入りしたり（いくらふさいでも夜中にカリカリ、カリカリ、とかじられて新しい穴をあけられるので早々にネズミとの共存を選んだ）外出中に扉を破壊されて泥棒に入られたり向かいの住人の部屋からあふれかえった大量のゴミが扉を突き破って廊下をふさいでしまったりと、貧乏アパート特有のトラブル続きではあったのだが、何せ池袋である。場所が便利だった。

部屋がいやなら朝から晩までベンチがたくさんあるサンシャインシティにいれば冷暖房完備だし、都会がいやなら雑司ヶ谷霊園に行けば広い空間には猫しかいない。新宿や渋谷や上野や浅草、その他主要な町には電車1本バス1本、あるいは自転車であっさり行けてしまう。高円寺、阿佐ヶ谷、荻窪、吉祥寺といった中央線エリアに行くのが新宿からの乗り換えがあるので少し面倒だったが、東京で付き合う相手はだいたい中央線沿線に住んでいたからそれも問題ではない。

今はタワーマンションや高層ビルが並ぶあたりにあった小さな銭湯に通っていた。龍の湯だったか。日の出湯だったか。アパートから歩いて行ける範囲には5軒も6軒も7軒も、選び放題のように銭湯があったから風呂なし住まいには贅沢(ぜいたく)な町だった。2001年の9月、いつものように風呂に行くと番台に置かれた無音のテレビからはどこかの高層ビルに旅客機が突っ込んでいく映像が繰り返し流れていた。今のようにSNSもなく、そもそも携帯電話もパソコンも持っていなかったので日々のニュースとは何のつながりもない。働いて酒を飲んで寝るだけ。そんな暮らしだったからこそあの日銭湯で見た無音の映像をいつまでも覚えているのかもしれない。

用もないのに渋谷に行って、センター街の交差点を何往復もした。「渋谷というのは大阪の梅田くらい人が多いのだろうか」と行ってみたら規模が違った。人が多すぎるがゆえの孤独に安らぐ。萩原朔太郎の詩の世界を思い出した。自分にとって東京の象徴のような大好きな場所。あれは何年たっても飽きなかった。いつだったか、父母が突然東京を訪ねて来た時も案内したのは渋谷のスクランブル交差点だった。若者に揉(も)まれとまどいながら信号を渡る老いた父母を写真に撮ったっけ。

もしかしたら高田渡がどこかにいるかもしれない。そう思い吉祥寺の町を徘徊した。楳図かずおは何度も見かけたけれど高田渡は一度もすれ違わないまま2005年に突然死んでしまった。裏切られたような気持ちだった。高田渡と同じ東京に暮らしていることがうれしかったのに。夜勤のアルバイトを休んで下北沢の年越しコンサートにも行ったのに。信号待ちをしていた谷川俊太郎を南阿佐ヶ谷で見かけた時、ここで勇気を出すしかないと思って声をかけたら「信号が青になるまでなら」と言われ、その場でポートレートを撮らせてくれたことも記憶に残る。西荻窪のアケタの店に行って毎月夜中に渋谷毅(しぶやたけし)のピアノを聴いていた、当時はなんでもない日常だと思っていたけれど、今になってみればもう取り戻せない贅沢な時間の連続だった。

付き合っていた彼女の家のベランダで干し野菜を作るのにハマっていた頃に大きな地震があり、原発事故が起こった。小学生の時にニュースステーションで見たことがある原発事故。あんなのは遠い昔のよその国の話だと思っていた。外に干していたカボチャや人参や大根を不安な気持ちでひっこめた。雨が降ったり雪が降ったりするたびに部屋の中から不安な気持ちで空を眺める。災害の中心にあったわけではないのに、東京のあちこちではスーパーやコンビニから商品が消え、停電が繰り返された。手を伸ばしても確かなものがつかめない、いつまでも晴れそうにない、黒ぐろとした曇天のような不安だけがある。被災地じゃないのに。不安がるなんておこがましいこと。本当にそうなんだろうか。あの曖昧な曇天は、当時の東京に住んでいた人間にしか見えない景色だったのかもしれない。

部屋がぼろぼろで心が荒むからだいたいは付き合う相手の部屋にいた。相手が変わると入りびたる町も変わったが、いつひとりになってもいいように東池袋四丁目の線路沿いのアパートはずっと借りていた。たまに部屋に帰ると路面電車が通るたびに窓が揺れ、車輪がレールを軋ませる響きが伝わってくる。

ネズミに破られたぼろぼろの畳の上に横になる。

窓の向こうを見ると、電線の上からこちらをのぞいているネズミと目が合う。

やはり私は、過去のことしか語っていない。

語り始めればきりのない、東京を語る私の言葉はそのすべてが過去の思い出で、何をどう語ったところで町の記憶は東京を出た２０１５年から更新されていない。

町の記憶を更新するということの意味を時々考える。

いま私は神戸に暮らしているのだが、かつて自分にとって神戸の町は倒壊し焼けた木造住宅のにおいと切り離せないものだった。

それは当時ボランティアとして数ヶ月過ごして以後の町の姿を全く知らずに生きてきたからだと思う。震災以降の神戸をまったく知らない。ついでに言うと震災以前の神戸も知らない。私が知っているのは震災直後の数ヶ月だけ。

神戸市広報課の仕事で書いた『ごろごろ、神戸』の連作には何度も阪神大震災の話が出てくるのだが、それはつまりこういう理由でしかない。記憶が更新されないまま何かを語ろうとすると、過去をよすがにするしかないということ。

気づかないうちに、いつの間にか自分の中にあったあの頃のにおいがずいぶん薄まっていることに気付かされる。それは１日１日と、神戸に暮らす年月が積み重なっているからだろう。

薄くはなったけれど、消えていったというわけではない。

今の私が神戸について語る言葉のようすがは１９９５年だけではなく、２０１５年から妻や子供や犬やカエルと暮らしている毎日の積み重なりの中にある。

私の神戸は日々、新しいものになっているのだと思う。

町は「あの頃」の記憶をたよりに静的に存在するのではなく、日々更新されていく生活の中にこそ動的に存在する。だからやっぱり……

私にとって東京は過去に見た夢と同じものだ。

都電向原(むこうはら)駅から大塚駅前までの線路沿いの坂道に、5月になると真っ赤な薔薇(ばら)がたくさん咲くことを知ってる。けれどそれは記憶の中にしかないまぼろしの薔薇なのだ。

昔いた世界へ（ごろごろ、神戸２０２０）

新型コロナウイルスの影響で、日ごろ通っている個人経営の飲食店はだんだんと客が減ってきて、動物園への行き帰りに子供を連れて立ち寄る事が多い栄食堂もその日は店内に誰もいない様子が歩道から見えた。

扉を開け、子と向かい合ってテーブル席に座る。

この店に来た時は他ではあまり見かけない感じのメニュー、たとえば「赤い丼」「肉すいスペシャル」「すじ玉ラーメン」と言った変化球的な商品をつい注文してしまうけれど、今日は安定感のある地味なものが食べたいと思い、壁にたくさんぶら下がった短冊に目を走らせた。するとあまりにもありふれていて今まで一度も注文したことがなかった「焼きめし」と書かれた文字に目がとまった。焼きめし。まさに安定感のかたまり。どっしりといつもそこにある六甲山みたいな貫禄である。

「焼きめしとラーメンとビールください」

注文を受けた店員さんが奥の厨房（ちゅうぼう）に入ると、すぐにフライパンとお玉が弾けるようにぶつかる音が聞こえてくる。混んでいる時には周囲の雑音で意識した事がなかったが、今は静けさの中で店内には調理の音だけが響いていた。この宇宙には厨房と私たちのテーブルしかなくて、2つの惑星はフライパンとお玉の音でいま交信している。そんな音だった。

先にビールとコップと子供用のお椀（わん）とスプーンが届き、やがて「お待たせしました」と焼きめしが運ばれてくる。

青ネギ、ハム、卵、玉ねぎ、福神漬け。

私はスプーンを使って軽く具材を確かめて、その中から子供が食べられるくらいのご飯と子供が抵抗をおぼえない程度の野菜をバランスよくブレンドし、ネギは周到に避けてお椀にすくっていく。

そんな作業をしている時に、ふと長年抱いていた疑問が氷解したのだった。

「チャーハンと焼きめしって何が違うんだろう？」

誰もが一度は考えた事のあるこの問いにはこれまで決定的な答えが出ていなかったはずだ。私もまた多くの人々と同様に、焼きめしは家で母親が作るもの、チャーハンは店で料理人が作るもの、くらいの認識でいたけれど、栄食堂での昼下がり、このどうでもいいといえばどうでもいい謎がついに、決定的に解けてしまったのである。

チャーハンと焼きめしとを分けるもの。

それは「玉ねぎ」の存在である。

なるほど、きみが境界線か、と私はみじん切りされた玉ねぎをスプーンにのせて眺める。子は焼きめしもいいがまずはこっちやろというようにラーメンに一直線に箸をのばしている。


「ほら、キュウリをこうやって、ぐるっと回しながら、ザクッザクッと包丁を入れていく。これを袋に入れて塩昆布とあえる。あえるっていうのは混ぜるってことですな」

焼きめしの秘密を解き明かした翌日は、コロナ騒動以降保育園に行っていない子供をこんな機会だし料理修業でもさせようと、踏み台を使って台所に立たせた。

炒め物の工程をひと通り見せた後は作ったばかりの焼きめしにそえるキュウリの塩昆布あえを用意する。二人羽織のようにして、包丁を持つ小さな手を後ろから握り「キュウリと塩昆布をビニール袋に入れて、こうやって揉む。やってみ。上手上手」


夜、子供が寝てから妻とぼつぼつ語り合った。

新型コロナに関しては出来るだけの予防をやって、でも後の結果はもう運任せみたいな、心の中にどこか適当な部分というか、あきらめの境地みたいな部分を持っておかないと、もうこれだけ広がってしまって誰が感染するかもわからないようになってきている今、最後まで個人の意志で完全にウイルスをブロックできる、ブロックするべしみたいな感じで気張りすぎてしまったら……ちょっとしんどいんじゃないか。もしも将来ぼくらが感染したり身近な人間が感染した時に、その時に不必要に自分を責めてしまったり、感染した他者を責めてしまったり。精神が、そういう構造に陥ってしまったりしないだろうか。それはなんか落とし穴みたいなもので、その穴にはまるのは新型コロナと同じくらいに避けなあかんことなのではないか……。

「そうは言っても」と妻は言う。

運任せ、を言いわけにして新型コロナをなめてかからないほうがいいと思う。たとえ現実的には、究極的には運任せであったとしても、最後まで自分の意志や行動でなんとか防御していくというような気持ちをしっかり持っておかないと、気をゆるめて「なんとなく大丈夫」「なる時はなる、ならない時はならない」と運を天に任せて、子供を高齢店主の店に行かせて、その店主に何かが起こった時に「これも運命」だと平常通りでいられる？これは自分たちだけがどうにかなるという問題ではなくて世話になっている誰かに感染させてしまうかもしれないという問題でもあって……。

しょせん私は「まあ大丈夫だろう」というような正常性のバイアスに漬かっているだけなのかもしれない。私の認識は妻から見れば甘いのだ。

「とりあえず外から帰ってきたらできるだけすぐに風呂に入るようにしてほしい。布団に入る前には、必ず風呂に」と妻が言う。はい、すいません。


チャーハンを本気で作る際に必要な具材は卵とネギである。

そして大量の油。中華料理屋のチャーハンに感じる独特のしっとり感は身も蓋もないがあれは使用する油の多さからくるものであり、家庭で作る焼きめしは少ない油でのんびり作られるためパサついたものになりがちだ。

そういえば母親の作る焼きめしには玉ねぎだけではなくなぜかキャベツも入っていた。あれはパサつきがちな焼きめしを、野菜から出る水分で舌触りしっとりさせるための生活の知恵ではないかと仮説を立てる。大量の油と贅沢な火力による「しっとりの絢爛(けんらん)」がチャーハンだとすると、「しっとりへのあこがれ」が焼きめしなのかもしれない。かなわないあこがれへの架け橋としての、玉ねぎやキャベツ。

公衆トイレでずっと手を洗ってる人っておらへん？　いま自分がそんな感じになっていて、気づけばいつまでも手を洗いそうになっていて、それは悪い事ではないかもしれないけれど、最近は手を洗っていない時間の事が気になってきて、なんか、手にずっと水が流れていてほしい感じ？　それがちょっとしんどいな、と思う。やっぱりどっかで気持ちに遊びの部分、どんだけ頑張っても相手は見えへんのやし、なるようにしかへんわみたいな部分がないと、ちょっとしんどくなってきて、電車に乗ってつり革にもさわれなくなって、今まで厚い皮膚で守られていた自分の図太さがその皮膚を剝（は）がされて粘膜がむき出しになってしまっているみたいで、痛いような。乗っていた電車が揺れて、「あっ」と足がもつれて、扉とか椅子の横のつかまり棒に体がぶつかっただけでそこから何かがくっついてしまったような気になってしまって、これはだいぶしんどいと思うし、見えない何かにまとわりつかれている気がするし、きのう、ずっと一緒にいた子供が自分が持っていた菓子袋の中から「一個どうぞ」とかさついた手で丸いガムをさしだしてくれて、でもガムをにぎるその小さな子供の手にすら身構えてしまった、そんな自分がどこまでも嫌だ、元いた世界に帰りたい。ほんの数ヶ月前の、昔いた世界へ。

空からうどんが降る日（ごろごろ、神戸2022）

子供はまだ小学1年生なので、公園で遊んでいる間は見守りで同じ場所に滞在している。そのうち私も自然と他の小学生に顔を知られるようになり、話しかけられることも増えた。当初はくすぐったく感じられるところがあった「おっちゃん！」という子供たちからの呼びかけも、そして自分自身を「おっちゃん」と自称することにもすぐに慣れた。

ただ、見守りと言っても子供といっしょに遊んでいるわけではないのでひまである。スマホを持たない低学年児童たちが遊ぶ公園にいて、スマホを見ながら時間をつぶすというのは気をつかう。というか謎の罪悪感を感じる。

その結果、周囲の木々や花々や光の変化などを見ながらぼんやりするしか、することがなくなる。あるいは何もしていない。

誰も乗っていないブランコの柵に腰かけていると、たまに見かける低学年の女の子が隣にやって来て「なあなあ、腕に毛生えてる?」と聞かれた。「そら生えてるけど」と答えると「自分の毛、抜いたことある?」と矢継ぎ早に質問された。

　毛を抜くといえば……と私は、数十年前の出来事を思い出す。


　中学生時代には『週刊プロレス』『週刊ゴング』といったプロレス雑誌を愛読していてそこには当たり前のように、スネ毛や胸毛が濃い男は不潔でモテない、すっきりツルツルした肌じゃないとアウト、毛むくじゃらはヒトとして無理、みたいなことがイラストと文章でアピールされた、今も昔も変わらないといえば変わらないコンプレックス商法の美容広告が掲載されていて、それを真に受けた無知な中学生であった私は思い悩んだ末、たしか1万円近くした脱毛キットを通信販売で購入してしまった。

　しばらくして届いたのは雑な粘着剤とただのガムテープみたいな、涙も出てこないほどに適当な商品だった。それでもしょうもない広告に追い詰められてワラにもすがる気持ちだった中学生は、送られてきた粘着剤をまずはスネに塗り、説明書通りにその上からテープを貼って、勢いよくベリベリと剝(は)がした。

　痛みはないと書いてあったのに、激痛である。

　結局、最初にベリベリと剝がした数か所だけ毛が綺麗になくなったけれど、痛すぎてすぐにやめ、永久に生えてこないと書かれていたのに脱毛部分からはすぐに元気な雑草みたいな新しい毛が生えてきたし、あれは本当にひどくてかなしかった……。

……と、いうような話を小学生相手にできるはずがない。

「(抜いたこと) あるけどなあ」

とだけ答えると、彼女は私に向かって

「あんの!? キモッ!」

と言った。

その時私がぼんやり眺めていた地面から移した視線の先には、公園で駆け回って遊ぶいつもの子供たちとか、植え込みにもぐって枝や蔓(つる)を拾い工作をしているうちの子とか、舞い上がる砂埃(すなぼこり)とか、砂埃にあたる西日とか、花梨(かりん)の木とか信号機とかその先の青空なんかがあった。それはいつもどおりの風景であった。

「なんでそんなこと聞くん?」と私は聞いた。

「クラスにな、めっちゃ嫌な男の子がおってな。そいつが女やのに毛が濃いって」

「きみに言うてくんの?」

「言うてくる。言うてくんねん」

私はこの場で当たり前に言うべきだと思われる言葉というか感情をうまくあらわせなかった。子供たち同士の繊細で入り組んだ世界に第三者の大人が気軽に介入したりジャッジしたりしていいのだろうかという、そんな迷いがあったからだった。とはいえ話の流れもあったので、結局言ってしまう。

「そんなん言うてくるそいつの方が絶対あほやで」

「毎日言うてくるんやもん」

「そうなんや」

「あいつほんまきらいやねん」

「その子があほやねんから。担任の先生に注意してもらったらどう?」

そう言うと、彼女は、そんな退屈で正しい提案がほしいわけではないのだという風に「あーあ。毛がない子に生まれたかった」と自分の腕をさすり、そして言った。

「アリ殺していい?」

柵に置いた私の手首のあたりを小さなアリがちょろちょろと這っているのが見えた。私はそれをかくすようにして体をひねって手をうしろに回し、

「あかんやろ。アリかて一生懸命生きとんねん」と言った。

「いやや。殺す」

「絶対にあかん」

「じゃああなたはアリを殺したことがないんですか？」

「……なんべんもある」

「じゃあ私も殺す」


夕暮れ近くになって遊びの時間はお開きになり、私は子供を連れて商店街を歩いていた。その時、私たちの足元をハトが横切って歩いた。

ハトの背には長いうどんが1本のっかっていた。

なに?と一瞬は思ったが、これはすぐ近くの立ち食いそば屋の客が、食べているうどんをちぎってハトに投げたのだろう。この町ではたまに見かける光景なのだった。そしてこいつはうどんを勢いよくついばんだはいいが、首を持ち上げたはずみでうどんを背にのせてしまったか。

ハトは長いうどんを背にのせたまま、何事もないように首をカクカクさせて歩いている。まぬけでかなしい。

私は子の手を握って人通りの少ない商店街でハトを追いかけ、わざと音を立てて地面を踏んだ。ハトは鈍い動きでバサッと羽を動かす。おしい。もう一度、さっきよりもさらに大きな音を立てて地面を踏む。するとハトはようやく力づよく羽ばたいて空に上がった。

私たちの頭上から、うどんが1本、地面にぼとっと落ちる。

適当な木の枝を探して、子と並んで落ちたうどんを細かくちぎりながら「空からうどんが降ってくる日もある」と私は言った。

今いる世界に（ごろごろ、神戸２０２４）

土曜日の朝、週末に出される自由研究風の宿題をしている子供の手元をちらっと見ると、ノートには何やらくねくねした宇宙人のような、背の高い猿のような生き物が描かれている。いまどきの小学生は土曜の午前を宿題でつぶされてなかなか忙しいと同情したが、よく考えたら自分の小学生時代は土曜日も普通に学校に行っていたっけ。

「今回は動物のことを書いてんの？」と声をかける。

子は開いた本にしおりをはさんで一旦閉じ「ナマケモノってさ、1週間に1回しかトイレに行かないんだって」と答えた。そして最近お気に入りの甘いカフェオレを一口飲み、再び視線をノートに戻した。

「そうなんや。トイレに行くのがめんどくさいんかな」

「あと、1枚の葉っぱを消化するのに30日かかるらしい」

午後、JR神戸駅から普通電車に乗って灘駅で降りた。

宿題を終えてクッションに埋もれている子供に向かい、せっかくなので今日はひさしぶりに動物園に行きますか、と声をかけたのだ。

駅を出て山側に坂を上れば動物園に着くけれど、その前に昼ごはんがまだだったので反対方向、海側に坂道を下っていく。信号を右折してその先を左へ。歩き慣れた道をたどればすぐに栄食堂にたどり着き、歩道からはすでに店内のにぎわっている様子がうかがえた。一瞬ひるみはしたものの、ラーメン食べたさに子が先にのれんをくぐって店に入って行く。後について入るとすでに店内はお昼時でほぼ満席の状態であった。

さいわい1つだけあいていた4人掛けのテーブル席に案内されたけれど、席に座るとすぐに4人組の若者グループがやって来たので気をつかって店員を呼んでそのテーブルをゆずり、私たちは代わりに店の奥のテレビ近くの、午後になると日の光がまぶしくあたるカウンター席に並んで座った。「おとうさん、すんません!」と若者の1人が背後から声をかけてき、私は「ええねん。おなか一杯食べて」とおごるわけでもないのに適当な言葉を返す。われながら適当な返事だと思った。

この店に来るとどうしても他の店ではあまり見かけない変化球的なメニューを注文した

くなる、などと考えていたのは遠い昔の話で、今の私はもうメニュー選びにブレることはない。ついに鉄板の組み合わせを発見してしまったからである。まずは子が自分のぶんのラーメンを注文し、続いて私が注文する。

「焼きめしと瓶ビールください」

そして惣菜の並んだコーナーに行き、「ゴンスケ」の皿を取る。何かの生物の大きな目玉がこちらをまっすぐ見つめているように黄身が2個並んだ目玉焼きの上には半円形のハムが顔の輪郭っぽく上と下に添えられていて、そのたたずまいが漫画『21エモン』に出てくる芋掘りロボット「ゴンスケ」に似ているため私が勝手に名付けてそう呼んでいるもので、正確にはハムエッグと本名で呼んだ方がいいのかもしれない至極のひと皿である。

皿を取るといつも店員さんが「あたためますか？」とたずねてくれるが、栄食堂のゴンスケはあたためずそのまま「冷や」でいただくのが正しい。

カウンター席に戻る。

目玉焼きに醤油をかけ、瓶ビールをコップにうつして一口飲んで、バッグの中から『かりあげクン』を取り出して読み始めた子供に声をかけた。

「ここまでスタンバイしたらやな、普通はここで目玉焼きを食べると思うやろ？　酒のつまみとして」

「うん。そう思う」

「それはシロウトや。ぼくは醬油だけかけておいて、まだ目玉焼きには手をつけない。理由はすぐにわかる」

という話に子は興味がないようだ。「ほう」とだけ言ってすぐにかりあげクンに目を戻した。並んだ2個の黄身と醬油をまとった白身を午後のまぶしい日差しが照らしている。


やがて私の焼きめしが先にやって来る。

「ぼくの動きをよく見ときなさい」と言って私は、出てきたばかりの熱々の焼きめしの上に箸を使ってゴンスケを一気にスライドさせた。ライド、オン、とひとりごとを言うと子が「ひゃー」と声を合わせてきたので「ええリアクションやないの」とほめた。

これこそが私の現在地。完全無欠の「ゴンスケ焼きめし」である。

やがて子のラーメンもやってきて、それぞれの時間が始まる。

私は目玉焼きにのっかった2枚のハムのうちの1枚を箸でつまんで口に入れる。すぐさまビール。そして新しくコップにビールを注ぎ、今度は醬油のついた白身を箸でちぎってひと口、そしてビール。もう1枚のハムは今は食べず、すみに寄せておく。

箸をスプーンに持ちかえてゴンスケの片方の目玉（黄身）を軽く崩す。すると、しっとりとした焼きめしに、溶けた黄身がどろっとからみつこうとする。その瞬間。半ばくずれた黄身を半分に断ち割って焼きめしと一緒に一気に口に放り込む。ビール。

「おれ他人丼てやつ食べてみたい」「焼きそばひとつ。ちゃんぽんちょうだい」「大盛り？できますよー」「他人丼てなにが他人なん」「焼きめしと野菜炒めでーす」「ぼくカレーライスの大盛りください」次から次にやってくる客の注文と出来た料理を運ぶ声。テレビから聞こえてくるサッカーの実況音声。厨房から途切れずに鳴り響く鍋とお玉がぶつかる音。横で子がラーメンをすする音。カウンターに置かれたコップのビールが相変わらず輝いている。皿に残ったもう1枚のハムも油に日が当たって輝いている。ビールが切れた、まあいい、食おう。

「ナマケモノは耳元で銃をぶっぱなしても動かないんだよ」

「そうなんや。耳が聞こえへんってこと？」

「耳は聞こえるけど銃をぶっぱなされたくらいでは動かないってこと」

目指す王子動物園にたどりつき、私たちはゲートをくぐった先の案内地図を見てすぐにここにはナマケモノが飼育されていないことを知った（神戸どうぶつ王国と勘違いしていた……)。せっかくなので園内を見て回る。

入り口近くのフラミンゴたちも象舎周辺のなつかしい獣臭もあの頃のままだ。

そして、ふと、家族連れでやって来ている周囲の子供たちがみな小さい、ということに気づいた。

私たちが足繁くかよった時期がそうであったように、動物園というのは多くは小学生未満の子供たちが父母に連れられてやって来る場所なのだろう。どこを歩いても、なんべんも来たよなあ、なつかしいなあ、という言葉や思いがわき出てくる。

毎日、今日はどっちに行こうかと迷って王子動物園か須磨海浜水族園に通っていた。今にしてわかるがあれは子供のためというよりも私自身が何よりも楽しんでいたのだと思う。幼かった子供との時間は夢そのもので、須磨海浜水族園はすでに建物ごとなくなり、王子動物園も全面建て替え工事が始まろうとしている。

10年か20年経ってから、あの日見た景色は全部まぼろしだったのだと説明されたら「そりゃそうやんな、あんなに輝いてた日々があるはずがないよな、おれの人生に」と納得してしまいそうな、そんな儚(はかな)さの中に、私を生きさせてくれてありがとう。ヤギを見に行くのだと先を歩く子供の背を追って、私は一瞬ごとに過ぎ去って行く世界の感触をたしかめている。踏み出す一歩一歩が過去の世界を置いて、今いる世界へと続いていた。